秋麗

東京湾臨海署安積班

今野 敏

ハルキ文庫

JN047779

角川春樹事務所

目次

秋麗

東京湾臨海署安積班

1

東京湾臨海署の玄関先で、水野真帆《みずのまほ》巡査部長が東報《とうほう》新聞の山口友紀子《やまぐちゆきこ》記者と立ち話をしているのが見えた。

安積剛志《あずみつよし》警部補は、そのときの水野の表情が気にかかった。妙に深刻な顔をしていたのだ。

山口の表情も暗かった。

安積は、水野に声をかけた。

「おい、朝礼が始まるぞ」

「あ、係長。おはようございます」

水野が山口にうなずきかけてから、安積に駆け寄ってきた。彼女は、安積が率いる強行犯第一係の紅一点だ。

「朝から深刻な顔をしていたな」

「ああ……。山口さんが、セクハラを受けているって話で……」

「セクハラ……?」

「私もまだ、詳しい話を聞けていないんですけど……」

「まだ、ということは、いずれは詳しい話を聞くということだな」

「今日、仕事が終わったら……」

「何事もなく、終わるといいがな」

それは本音だった。

刑事はなかなか約束が守れない。事件があれば、どんなときでも駆けつけなければならない。

「そうですね」

二人は強行犯第一係に着き、話はそれきりになった。

朝礼が終わり、さて仕事に手を着けようと思っていると、無線が流れた。

遺体らしいものが海に浮いているのが発見されたという。場所は、青海《あおみ》三丁目付近の海上。それを聞いて、村雨秋彦《むらさめあきひこ》巡査部長が言った。

「驚いたな……。署の目と鼻の先じゃないか……」

すぐに課長室から榊原《さかきばら》課長が顔を出して言った。

「安積班、行ってくれ」

安積はこたえた。

「了解しました」

「ホトケさんは海上だというから、まずは別館だ」

「はい」

「警務に言っておくから、捜査車両を使ってくれ」

強行犯係は二つあり、第一係は通称「安積班」だ。第二係の係長が相楽啓《さがらけい》なので、そちらは「相楽班」と呼ばれている。

相楽班はすでに、どこかに出かけている。うまいことやったなと、安積は思った。暦の上ではもう秋だというが、外はひどい暑さだ。

今日は晴天で、炎天下で遺体や、それが発見された現場を調べるのは、想像するだけでうんざりなのだ。

安積班が、外れくじを引いたとも言えるわけだ。相楽班が楽な現場にいるかどうかはわからないが、つい、そんなことを考えてしまう。まあ、船に乗れるかもしれないから、その点は救いだろうか。

課長が言った別館とは、東京湾臨海署別館のことで、そこには他の署にはない水上安全課という部署がある。

東京湾臨海署は、警視庁内で唯一船艇《せんてい》を持っている警察署なのだ。

安積班で一番若い桜井太一郎《さくらいたいちろう》が、捜査車両を受け取るために駐車場に向かった。

安積は言った。

「桜井が車を持ってきたら、村雨と俺《おれ》がそれに乗って別館に行く。須田《すだ》、黒木《くろき》、水野は徒歩で青海三丁目に向かってくれ」

須田三郎《さぶろう》は巡査部長だ。黒木和也《かずや》とペアを組んでいる。

そのとき、村雨が言った。

「別館へ行くのは須田・黒木組のほうがいいでしょう」

須田は、ちょっと変わった刑事だ。明らかに太りすぎでのろまに見えるが、その独特なものの見方には、安積も一目置いている。

実は、村雨と桜井に別館に行くようにと指示したとき、須田はがっかりした顔をしたのだ。

そういう思いが顔に出るのだ。村雨はそれに気づいたに違いない。

村雨はさらに言った。

「桜井は船が得意じゃないので……」

安積はうなずいた。

「そうだったな。じゃあ、須田と黒木が船に乗ることにしよう」

やがて、桜井が乗った捜査車両が、署の正面にやってきた。

安積は桜井に命じた。

「運転を黒木と代われ。おまえは、陸上だ」

「はい」

無表情だが、おそらくほっとしているに違いない。彼が船に弱いのは本当のことだ。

安積班は二手に分かれた。

車が別館に着くと、その前で吉田勇《よしだいさむ》警部補が待っていた。吉田は、水上安全第一係の係長だ。よく日焼けしていて、まさに海の男という感じだ。

「『しおかぜ』がすぐに出られる」

須田が言った。

「十二メートル型でしたね」

「そうだ」

安積たちは、吉田係長に続いてすぐに「しおかぜ」に向かった。

栈橋を見て、須田が言った。

「あれ、『しおかぜ』はどこです？」

吉田係長が言った。

「おまえの知っている『しおかぜ』はもういないよ。あそこにいるのが、新しい『しおかぜ』だ」

「へえ……。きれいな船ですね……」

須田が言ったとおり、それは甲板と喫水線の下が赤に、それ以外は真っ白に塗られた美しい船だ。

かつての「しおかぜ」は船体がグレーで上部構造が白の船だった。操舵室《そうだしつ》がぐっと舳先《へさき》の近くまでせり出しているような独特の恰好《かっこう》をしていた。

それに比べて新「しおかぜ」は、ずいぶんと洗練されているように見える。

船尾にウェットスーツ姿の男たちがいる。水上安全第一係の係員だろう。彼らが水死体を船上か、あるいは陸上に引きあげる作業を担当してくれるのだ。

舵輪《だりん》を握るのは、浅井晴海《あさいはるみ》主事だ。今、吉田係長が最も信頼している操舵手だ。

浅井は、警察官ではなく技術・専門・技能系の警察行政職員だ。だから、階級も安積たちとは違った主事・参事などとなる。

安積たちが乗り込むと、吉田係長が大声で言った。

「出港だ」

船はすぐに現場に着いた。

岸はコンテナ埠頭《ふとう》になっている。そこに、地域係と村雨たちの姿が見えた。私服が二人見えたが、一人はベストを着ており、もう一人はウエストポーチをつけている。機動捜査隊員だろう。

「漂流物を視認しました」

浅井の声が聞こえる。「遺体と思われます」

吉田係長が双眼鏡を覗《のぞ》いて言った。

「近づいて、エンジン停止」

「了解」

安積、須田、黒木の三人も、窓から前を見つめている。やがて、船のエンジン音が止《や》んだ。操舵室からデッキに出てみると、すぐ脇《わき》に遺体らしいものが浮かんでいる。うつぶせだ。

対象物にぴたりと船を寄せるその操舵技術はさすがだと、安積は思った。

「船に上げるか？　陸《おか》に上げるか？」

吉田係長にそう訊《き》かれ、安積は迷った。だが、逡巡《しゅんじゅん》すればそれだけ作業が遅れる。安積はこたえた。

「陸に上げてください。ただし、鑑識の到着を待ちます。他の遺留物も同様に……」

「了解だ。石倉《いしくら》が来るのか？」

石倉進《すすむ》警部補は、鑑識係の係長だ。

「ええ、そうだと思います」

「じゃあ、待つしかないな……」

「はい」

「フェリーの乗組員が見つけたんだって？」

「え……？　遺体のことですか？」

「そうだよ。聞いてないのか？」

「無線を聞いて駆けつけただけですから……」

「そうか。この海域は、竹芝《たけしば》桟橋や日《ひ》の出《で》桟橋と、伊豆《いず》諸島、小笠原《おがさわら》などを結ぶ定期船の航路になっている。八時五十分竹芝桟橋発の神津島《こうづしま》行きジェット船の乗組員が見つけて無線で連絡した」

「どこからその情報が……？」

「船が使う無線だからな。うちでもそれを傍受した」

「つまり、通信指令センターよりも早く、遺体のことを知っていたわけですか？」

「ほぼ同時だろう」

そのとき、コンテナ埠頭のほうから声がした。

「写真を撮ったから、遺体を上げてくれ」

石倉係長だった。鑑識が到着したのだ。

吉田係長が石倉に、同じくらいの大声で尋ねた。

「他の遺留品があったら、どうする？」

「お、船長か？」

石倉が言う。「船長」というのは、吉田のニックネームだ。「遺留品はいっしょに上げてくれ」

「了解だ」

デッキに出ると、直射日光にさらされる。安積は後頭部が焼かれるような気がしていた。

石倉が安積に気づいて言った。

「なんだ、班長がいないと思ったら、そっちにいたのか？」

石倉は、安積のことを「班長」と呼ぶことが多い。安積班の長だから、班長だ。他の者はたいてい、「係長」と呼ぶ。

安積はこたえた。

「死亡した状況を知るためには、遺体が浮いているあたりを調べる必要があると思ったんです」

それに対して、石倉はただうなずいただけだった。

水上安全第一係の作業は実に手際がよく、遺体はコンテナ埠頭の桟橋に引きあげられた。現在、遺体は仰向《あおむ》けに横たえられている。

石倉と村雨が中心になって死体を調べている。

安積、須田、黒木の三人は、遺体が浮かんでいたあたりの海面を見つめていた。陽光に緩やかな波が輝いている。

殺人の捜査などではなく、これがプレジャーボートの上だったら、どんなにいい気分だろう。安積がそんなことを考えていると、須田が言った。

「遺体はどこからきたんでしょうね……」

安積は思わず聞き返した。

「どこからきた……?」

「ええ。陸上のどこかからここに運ばれたわけですよね」

「待て。誤って岸壁から落ちた可能性だってあるだろう」

「いやあ……。事故死じゃないと思いますよ。このあたり、人がふらふらしているようなところじゃないですし……」

「自殺ということもあり得る」

「そうですね。でも、きっと他殺ですよ」

須田の眼力はあなどれない。彼は現場から何かを感じ取っているのだろう。

「他殺と仮定したら、どういうことが考えられる？」

「陸上と違って、遺体が発見された場所が殺害場所とは考えられないわけでしょう。だから、どこからきたのかなって……」

須田が言う通りだ。

「たしかにそうだ」

その会話を聞いていた吉田係長が言った。

「考えられるのは三つだ。まずは、陸上で殺害して船で運んで海に遺棄した場合。二つ目は、船の上で殺害して遺棄した場合。そして、三つ目は、陸上で殺害して埠頭から海上に遺棄した場合……」

安積は尋ねた。

「どの可能性が一番高いと思いますか？」

吉田係長は海面を見つめ、それから埠頭を見やった。

「よく調べもしないで、軽はずみなことは言えない」

「そうですね」

「でも、一番簡単なのは埠頭から遺棄する方法だな。だから、可能性という意味では、それが一番だろう」

「なるほど……」

「船の出し入れというのは、意外と面倒臭い。船を所持している者は限られるし、その意味では捜査がしやすい。埠頭から遺棄ってのは、まあ、乱暴な言い方をすると、誰《だれ》にでもできることだ。だから難しい捜査になる」

そのとき、電話が振動した。村雨からだ。ここから彼の姿が見えているが、大声でやり取りをしたくないということなのだろう。

「どうした？」

「石倉係長といっしょに、ホトケさんを見ました。首の骨が折れていますね」

正確にいうと、首の骨は折れるのではなく、外れるのだ。椎骨《ついこつ》が脱臼《だっきゅう》するわけだ。だが、一般的には村雨が言ったように「折れた」ということが多い。

実際に、脱臼と同時に椎骨の損傷、つまり骨折をしていることもある。

安積は言った。

「頸髄《けいずい》損傷が死因ということか？」

「詳しくは、検視官の見立てか司法解剖を待つ必要があるでしょうが……」

「事故か？　他殺か？」

「他殺でしょうね。石倉さんも同じ意見です」

安積は、須田をちらりと見た。

「他に傷は？」

「見たところ、刺し傷などはありませんが……」

他殺となれば、所轄の捜査員がうかつに遺体に触ることはできない。

「わかった。課長に連絡しておく。本部の捜査一課と検視官が来るのを待つことになるな」

「はい。この炎天下ですから、長くは待ちたくないですね」

「熱中症に気をつけろ。みんなにもそう言っておけ」

「わかりました」

電話を切ると、安積は、吉田係長、須田、黒木の三人に言った。

「死因はどうやら、頸椎《けいつい》の脱臼・骨折による頸髄の損傷ということらしいです」

吉田係長が言った。

「殺人だな」

須田が、必要以上に深刻な表情で安積を見ている。そのわかりやすさが、須田の特徴でもある。

安積は言った。

「課長に電話します」

吉田係長が肩をすくめる。

「俺たちはお役御免だな。捜査一課が来る前に引きあげよう」

それから彼は、浅井に向かって言った。「帰投するぞ。港に帰ろう」

「しおかぜ」が着岸すると、安積たちは車で青海のコンテナ埠頭に向かった。車は日陰に置いていたのだが、それでも車内は暑く、エアコンが効きはじめる前に現場に着いてしまった。

コンクリートの埠頭は照り返しがきつい。

安積は村雨に尋ねた。

「俺たちだけなのか？」

「鑑識は引きあげました。機捜が周囲の防犯カメラや目撃情報を当たってくれています」

安積は桟橋のほうを見た。ブルーシートが広げられている。その下に遺体があるのだ。

安積は言った。

「炎天下に置かれているから、シートの下はひどく暑いだろうな」

「ええ」

村雨が言った。「早くしないと、ホトケさんが蒸し焼きになっちまいますよ」

それはシャレにならない。安積はとにかく、遺体を一目見ておくことにした。シートをめくると、案の定熱気が流れ出てきた。腐敗臭がしはじめている。

一通り観察すると、安積は言った。

「桜井。車でコンビニまで行って、氷を買ってこい。遺体を冷やしたほうがいい」

村雨が眉《まゆ》をひそめた。

「検視官に、余計なことをするなと怒られませんかね」

「鑑識作業が終わっているのだからかまわないだろう。検視官だって、腐敗臭がする遺体を見たくはないはずだ」

「自分も行きます」

黒木が言ったので、安積はうなずいた。

桜井と黒木が氷を買いに行くと、安積は村雨と水野に言った。

「吉田係長や須田と話をした。他殺だとしたら、遺体はどこからきたのだろうと……」

村雨が即座にこたえる。

「岸壁か桟橋から遺棄されたんじゃないでしょうか」

安積はうなずいた。

「その可能性が一番高いと、吉田係長も言っていた。だが、船で運ばれて遺棄されたか、船の上で殺害された可能性も無視はできない」

村雨が「そうですね」と言った。

「遺体に、何か身元がわかるものは……?」

村雨がかぶりを振った。

「財布も名刺入れも持っていません。それも他殺を物語っているように思えます」

「被害者の身元がわからないように、犯人が財布等を持ち去ったということか？」

「あるいは、海に捨てたのかもしれません」

海というのは、犯罪者にとってはなかなか便利なものだと、安積は思っていた。

安積は水野に尋ねた。

「何か気づいたことは？」

「被害者は、かなりの高齢者でした。身なりは悪くありません。近くの高齢者施設を当たれば、身元がわかるかもしれません」

そうか、高齢者だったのか……。安積は、あらためてブルーシートを見た。年齢はあまり意識していなかった。

そのとき、桜井が運転する車が戻ってきた。黒木と桜井は、アイスキューブが詰まったビニール袋を両手にかかえている。

村雨がそつなく指示した。

「袋のまま、シートの上から遺体に載せておけ」

なるほどと、安積は思った。

袋からアイスキューブを出してばらまいてしまいがちだ。だが、そうすると、溶けるのが早いし、溶けた後周囲がびしょびしょになってしまう。

黒木と桜井が言われたとおりに作業をする。そこに、機捜の二人が戻ってきた。

片方が言った。

「ここが映っているような防犯カメラはありませんね。夜間はほとんど人気《ひとけ》がなくなるようですし……」

もう一人が補うように言う。

「一番近くの防犯カメラは、大江戸《おおえど》温泉があったあたりにあるものです」

安積はこたえた。

「ああ、それなら知っている。署のすぐ近くだからな」

「自分らは、捜査一課が到着したら、密行に戻ります」

「ああ。ごくろうさん」

そのとき、車が四台到着した。捜査一課がやってきたのだ。

2

車から下りて来たのは、総勢十二名だった。先頭にいるのが検視官だ。安積は見覚えがあった。その人物が安積に言った。

「宮前《みやまえ》だ。係長だね？」

たしか、宮前利一《としかず》警視だ。半白で理知的な雰囲気を持っている。

「はい。安積です」

「あれが遺体だね？」

宮前検視官は、ブルーシートを指さした。

「はい、そうです」

すると、集団の中から声が上がった。

「誰だ、氷なんて載っけやがったのは。死亡推定時刻に狂いが出るじゃねえか」

声の主はまだ若い男だった。

どこにでも、必ず文句を言うやつがいる。村雨の忠告に従っておけばよかっただろうか。

安積がそう思ったとき、別の声がした。

「そういうことを言うもんじゃないよ。所轄さんが気をつかってくれたんだ」

その声の主は、かなりの高齢だった。たぶん定年が近いのではないだろうか。

安積は彼の言葉に救われる思いだった。

見るからに刑事という感じの男が、安積に声をかけてきた。髪をきちんと固めており眼光が鋭い。

「うちの若いのは、口のきき方を知らなくてな。気を悪くせんでくれ」

殺人犯捜査第六係の栗原進一《くりはらしんいち》係長。安積とほぼ同年齢の警部だ。

「気にしちゃいません」

「それで、どんな具合なの？」

「機捜さんが報告したくてうずうずしていますよ」

栗原係長は、二人の機動捜査隊員を見た。

「そうか。まず彼らを早く解放してやらんとな……」

栗原係長が、機捜隊員に話を聞きにいくと、入れ替わりで、先ほど若手をたしなめたベテラン捜査員が近づいてきた。

「安積係長ですね？　田崎《たざき》といいます」

「どうも……」

先ほどの一言の礼を言うべきだろうかと、安積は迷った。結局、礼など必要ないだろうと思った。

「鑑識作業は終わってるんですね?」

「はい。臨海署の鑑識係が作業しました」

「遺体はどこにあったんです?」

安積は、海面を指さした。

「あのあたりに浮いていました」

田崎が目を丸くした。

「どうやって引きあげたんです?」

「うちの水上安全課の連中がやってくれました」

「そうか……。おたくは船を持っているんでしたね」

その話になるたびに、なぜか安積はちょっと誇らしい気持ちになる。

機捜隊員から話を聞き終えた栗原係長が、遺体の様子を見にいっていた。検視官とともに膝《ひざ》をついている。

その栗原係長が大声で言った。

「おーい、ザキさん。ちょっと来てください」

田崎が返事をした。

「はい、ただいま」

彼は遺体のほうに駆けていった。いつしか、捜査一課の連中は、全員がブルーシートの周りに集まっていた。

その輪が解けると、宮前検視官と栗原係長が安積のところにやってきた。

宮前検視官が言った。

「他殺だ。水に浸《つ》かっていた時間はそれほど長くはない。せいぜい半日ってところだ」

続いて、栗原係長が言った。

「死因や死亡推定時刻の特定のために、司法解剖をやりたいんだが、いいかね？」

「ええ、費用が本部持ちなら……」

この場合の本部というのは、警視庁本部のことだ。

栗原係長が苦笑した。

「所轄に押しつけたりはしないよ。その代わり、捜査本部ができたらよろしくな」

捜査本部の諸経費は、それが設置される警察署が負担することになる。

「捜査本部ができるんですか？」

「今、部長の判断待ちだが、たぶんできるだろうよ。だから、俺たちはこのまま臨海署に詰める」

「わかりました」

すると、宮前検視官が言った。

「俺は引きあげるけどね」

安積はすぐに榊原課長に電話をした。

「え……。捜査本部？　そいつはえらいことだな……」

「これから、捜査一課の連中と署に戻ります」

「遺体は？」

「司法解剖の受け入れ先が見つかるまで、署の霊安室に安置します」

「わかった。警務課に言って段取りをさせておくので、四階の大会議室に向かってくれ」

「了解しました」

　電話を切ると、田崎が近づいてきて言った。

「遺体を運ぶんだろう？　手伝おう」

「あ、それには及びません。署から搬送用の車両を呼びますので……」

「遠慮するなよ。手は多いほうがいいだろう」

　正直言うと、助かる。遺体の搬送は手間がかかるのだ。

　田崎が言った。

「ホトケさんは、丁寧にお送りしないとな……」

　遺体を無事に霊安室に収めると、安積たちは、課長に言われたとおり四階の大会議室に向かった。

　すでに、机が捜査本部らしく並べられており、栗原係長は席に着いて係員と話をしていた。

うちの警務課も仕事が速い。安積はそう思った。

もっとも、固定電話や無線機、パソコンといった備品はまだ設置されていない。それにはもう少し時間がかかりそうだ。

安積は、屋内に入ってほっとしていた。今日は残暑がことのほか厳しい。

栗原係長が安積に近づいてきて言った。

「もうじき、管理官が来る。一課長や部長の臨席の予定は、今のところない」

「それは多少気が楽ですね」

マスコミが注目するような大きな事案だと、一課長がやってくる。捜査本部の本部長は刑事部長だというたてまえだから、部長が顔を出すこともあるが、そうなれば捜査員たちはおおいに緊張を強いられる。

警察本部の部長というのは、世間で思われているよりずっと偉いのだ。一般企業の部長とは訳が違う。

課長も部長もやってこないということは、それほど重大事案と見られていないということだ。

被害者や遺族にとっては、事件に軽重があるなど納得ができないだろう。だが、実際にはその区別はある。それで、捜査本部の規模や態勢が決まる。

栗原係長がさらに言った。

「こっちは俺たち一個班十一人だ。そっちも同数そろえられるか?」

おそらく、強行犯第一と第二が動員される。それで数は合う。約二十人態勢の捜査本部ということになる。

その他、捜査本部の会計・総務、連絡係等は、それ以外の署員から吸い上げられることになる。

安積はこたえた。

「課長に言っておきます。だいじょうぶでしょう」

栗原係長はうなずくと、元の席に戻っていった。

それから約十五分後、管理官がやってきた。殺人犯捜査第六と第七係を担当している第四強行犯捜査管理官の滝口丈太郎《たきぐちじょうたろう》警視だ。

大柄でやや猫背。首が太く、柔道の猛者《もさ》だという噂《うわさ》だ。

「ん……？　所轄の頭数が足りないようだな」

安積がこたえた。

「残りは、現在、こちらに向かっております」

「そうか」

ちょうどそのとき、相楽班が到着した。

「強行犯第二係、入ります」

すると、滝口管理官が言った。

「おう、相楽じゃないか。そうか。臨海署の係長だったたな」

どうやら二人は知り合いのようだ。

相楽は、臨海署に来る前に捜査一課にいた。だから、顔見知りでも不思議はない。

相楽班が着席すると、滝口管理官がよく通る声で言った。

「さて、情報共有だ。わかっていることを報告してもらう。まずは、先に臨場した臨海署からだ」

安積は立ち上がり、これまでの経緯を説明した。吉田係長から聞いた遺体の発見者のことも伝えた。

安積の報告が終わると、滝口管理官が確認する。

「遺体は海に浮かんでいたって……？」

「はい」

「東京湾に浮かぶってのは、マルBの常套句《じょうとうく》だが、その辺、どうだろうな」

安積はこたえた。

「暴力団関係については、まだ何も情報はありません」

「まあ、そうだろうな。言ってみただけだよ。身元は不明なんだな？」

「身元がわかるようなものは何も所持していませんでした」

「発見者が、フェリーの乗組員だって？」

「はい。水上安全課からそういう情報を得ています」

「それについちゃ……」

栗原係長が発言した。「こっちにも情報が入っています」

いちいち挙手をして発言の許可を求めたりはしない。滝口管理官とは阿吽《あうん》の呼吸のようだ。

「聞かせてくれ」

「遺体を発見したのは、今、安積係長が言った八時五十分発の神津島行きフェリーの航海士だそうです」

「航海士って何だ？」

「さて、船のことは詳しくないんで……」

「誰か知っているか？」

安積は挙手して言った。

「うちの須田が説明します」

須田は突然の指名に慌てた様子で立ち上がり、言った。

「あ、ええと……。航法を担当する船員です。航法というのは、船の現在位置を測定したり、航路を決めたりという仕事のことです。昔は、六分儀《ろくぶんぎ》という道具で、水平線と太陽の位置や星の位置で現在位置を割り出したんですが、今ではＧＰＳを使います」

「へえ……」

滝口管理官が感心したように言った。「太陽や星の位置で現在位置を……」

「その技術がなければ、航海はできませんでした」

「なるほど、よくわかった」

須田が着席した。

続いて、栗原係長が報告を始めた。

宮前検視官の見立てが中心だった。話を聞き終えると、滝口管理官が言った。

「司法解剖の手配は？」

「今、受け入れ先を探しています」

「よし。まずは被害者の身元の特定だ。そして、防犯カメラ映像の入手と目撃情報。上がりは午後八時。栗原係長、安積係長、相楽係長は、予備班で捜査本部に残っていてくれ」

予備班は上がってくる情報を整理したり、捜査員に直接指示を出すデスクのことだ。

さらに滝口管理官の声が続く。

「さて、まずは昼飯をしっかり食っておけ。以上だ」

そう言われて安積は時計を見た。

すでに昼の十二時を回っていた。時間の経《た》つのが速いので驚いていた。

捜査員が出かけている間に、固定電話、無線機、パソコンなどが設置され、いよいよ捜査本部の態勢が整った。

安積たち予備班は、スチールデスクの島に座っていた。ここが予備班の席で、課長や署長といった幹部が臨席するような捜査本部では、管理官もこの席に座るはずだった。

今回は、事実上の捜査指揮を執る管理官が正面の席にいる。

「今日は暑いので、外回りはきついな」

栗原係長が言った。「予備班は助かる」

安積は相楽に尋ねた。

「そう言えば、今朝はどこにいたんだ？」

「路上強盗の件ですよ。被疑者の所在がわかったので、捕り物でした」

「それはお手柄じゃないか」

「ええ……」

相楽はどこか不満そうだった。殺人事件の捜査本部に出遅れたことを悔やんでいるのかもしれない。

別の事案を追っていたのだし、そちらをちゃんと片づけてきたのだから、何も悔やむことはないはずだ。だが、それで満足しないのが相楽なのだ。

彼は常に完璧《かんぺき》を求めようとする。いや、もしかしたら、安積に先を越されたのが悔しいのかもしれない。相楽は安積をライバル視している。

「強盗の身柄を確保してから、捜査本部にやってきたのか」

栗原係長が相楽に言った。「休みなしで、よく働くな」

「まだ取り調べの最中です。取調官は、調書が取れたらこっちに合流します」

そう言えば、相楽班のベテラン、荒川秀行《あらかわひでゆき》巡査部長の姿がなかった。彼が取り調べを担当しているのだろう。

その荒川が捜査本部に姿を見せたのは、午後三時過ぎのことだった。

「どうも、遅くなりまして……」

相楽が尋ねた。

「調書は取れましたか?」

「ええ。すべて自供しました。すぐに送検するように、課長が段取りしてくれました」

「後で誰かと組んでもらいますから、取りあえず予備班にいてください」

相楽が空いている席を指さした。

荒川は栗原係長に挨拶《あいさつ》してから、その席に座った。相楽がこれまでの経緯を説明する。

それを脇で聞いていた栗原が、安積に言った。

「この件、どう思う?」

安積は驚いて言った。

「どう思うって、まだほとんど何もわかっていません」

「そりゃそうだがさ、最初に臨場したのおたくらだろう? 印象というかさ、何かぴんときたことはないのか?」

「うちの捜査員は、一目見て他殺だと考えていたようですが……」

栗原係長がうなずく。

「そういう第一印象ってのは重要なんだよ。直観っていうんだそうだがな」

「チョッカンですか……」

「そうだ。感情の感という字を書く直感じゃないぞ、観察の観の字の直観だ。人間は、理屈じゃなくて、物事に出会った瞬間に本質を捉《とら》える能力があるそうだ。難しいのは、それを証明することなんだがな……」

「予断は危険だと思いますが……」

「いや、予断てのは先入観や思い込みが危険なんだ。直観は、頭で考えるんじゃなくて、もっと純粋なもんなんだ」

もしかしたら須田は、その直観に素直なのかもしれないと、安積は思った。


午後五時を過ぎると、何人かの捜査員が戻ってきた。皆汗にまみれている。その中に水野の姿があった。彼女は、捜査一課の若手と組んでいる。遺体に氷が載っていることに文句を言ったやつだ。

安積はしばらく考えてから立ち上がり、水野に近づいた。

「どんな具合だ？」

水野がこたえた。

「目撃情報は、今のところ絶望的ですね」

隣にいた捜査一課の若手が言った。

「遺体が水に浸かっていたのは、せいぜい半日といったところだと、検視官がおっしゃっていたので、遺棄されたのは、おそらく夜間のことでしょう。コンテナ埠頭の夜間人口は極端に少なくなりますから」

安積はその言葉にうなずいてから、水野に言った。

「今日、山口記者と会うことになっていたな。予定通り会いにいってくれ」

「でも、捜査が……」

「相楽班の荒川さんが穴を埋めてくれる。上がり時間の八時には戻ってくれ」

「わかりました」

隣の若手が言った。

「どういうことですか？」

「聞いたとおり、水野はしばらく抜ける」

「捜査本部を抜けるなんて、許されないでしょう」

「予定されていたことだ。こちらも重要な用件なんだ。その間、君とはベテランの捜査員が組むことになる。君の官姓名は？」

「石坂和弘《いしざかかずひろ》巡査部長です」

「では、石坂君。こっちへ来てくれ」

有無を言わせず、安積は石坂を予備班席に連れていく。相楽たちに事情を説明すると、荒川がにっこりと笑って言った。

「見てのとおりのオンボロだが、よろしく頼むよ」

3

安積は、捜査本部を出ていく水野の後ろ姿を見ていた。

捜査最優先は当然のことだ。だが、他人との約束も大切にしなければならない。でないと、刑事はみんな俺《おれ》のようになってしまう。

安積はそんなことを思っていた。

事件が起きるたびに、妻や娘との約束を反故《ほご》にしてきた。その結果、安積は離婚することになった。

当時は、家族より事件を優先したからといって、自分が悪いとは思わなかった。悪いと思っていたら、離婚はせずに済んだのかもしれない。

妻が悪かったとも思っていない。離婚はお互いの問題なのだ。

さらに、正直なことを言うと、離婚したことをそれほど後悔していなかった。最近は独り身のほうが楽だと思うことが多くなってきた。

こんなことは、おおっぴらには言えない。特に、速水《はやみ》直樹《なおき》交機小隊長には……。

ともあれ、約束を破ってばかりいると、いつしか身のまわりから人が去っていくことになる。だから、水野を山口記者のもとに行かせたかったのだ。

安積は、捜査員席に座って、石坂と話をしている荒川に眼《め》を転じた。

石坂はそれほど熱心に荒川の話を聞いているようには見えなかった。なんだか、不満そうだ。

俺がペアを変えたことが気に入らないのかもしれないと、安積は思った。だが、若い捜査員にはベテランを組ませるのが通例だ。

教育効果があるのだ。捜査本部は、捜査員の育成の場でもある。

「安積係長にです」

警電の受話器を取った相楽が言った。安積は、受話器を受け取った。相手は、鑑識の石倉だった。

「吉田船長が言っていた。海面には遺留物は見当たらなかったと……」

「ええ、俺も遺体の周辺を見ましたが、何も浮いていませんでした」

「……というわけで、鑑識としては今のところお手上げだよ。所持品もなかった」

「はい。ポケットの中は空でしたね」

「着ていた衣類が届いたんで、今それを調べている」

「期待しています」

「何かわかったら、すぐに知らせるよ」

「あの……。鑑識の報告なら、捜査一課の栗原係長にしてください」

「やだね」

「は……？」

「俺は、臨海署の鑑識だ。だから、安積班長に報告する」

「まさか、それが言いたくて電話してきたんじゃないでしょうね」

「そうだよ。それを言っておきたかった。じゃあな」

電話が切れた。石倉係長は、おそろしく多忙なはずだ。それなのにわざわざこんな電話を寄こすなんて、何のつもりなのだろう。そんなことを考えながら、安積は受話器を置いた。

栗原係長が安積に尋ねた。

「誰《だれ》からだ？」

「鑑識の石倉係長からです」

「何だって？」

「被害者が着ていた衣類が届いて、それを分析していると……」

栗原係長はうなずいた。

すると、相楽が安積と栗原係長の両方を交互に見ながら言った。

「自分は直接遺体を見ていないのですが、被害者はかなりの高齢だったということですね？」

栗原係長がこたえる。

「ああ。そうだ」

「頸骨《けいこつ》が脱臼《だっきゅう》・骨折していたそうですね？」

「それが死因だろうと、検視官が言っていた。司法解剖すれば、さらに詳しいことがわかるだろう」

「高齢なら、揉《も》み合っているうちに頸椎《けいつい》を損傷したということも考えられますよね」

「それだと、殺人にならないぞ。傷害致死とか過失致死だ。俺たちはコロシの捜査をしてるんだ」

「そうですが、いろいろな可能性を考えないと……」

「これは、予断につながりかねないんで、黙っていたんだがな」

栗原係長は、相楽と安積を交互に見ながら言った。「検視官は、プロの仕業じゃないかと言っていた」

「プロ……？」

相楽が聞き返す。「殺し屋か何かってことですか？」

「さあな。それはわからん」

「殺し屋って、何だか現実味がありませんね」

「その言葉に現実味がないだけで、実際に金で殺しを請け負うやつは、いくらでもいるさ。マルBとかな……」

安積が言った。

「素手で殺害となれば、凶器の線から被疑者をたどれませんね」

栗原係長がこたえる。

「だから、プロじゃないかと……。あ、これ、非公式な発言だからね」

相楽がうなずく。

「わかってますよ」

時間を追うに従い、捜査員の数が増えてくる。

午後七時過ぎに、捜査幹部用の仕出し弁当が届いた。

滝口管理官が言った。

「お、弁当とは気がきくな」

こうした手配は、捜査本部の規模や設置される署によってまちまちだ。もちろん捜査員全員に弁当を出すわけにはいかない。予算は限られている。だが、せめて捜査本部に縛りつけられている幹部には提供したいというのが気配りというものだ。

予備班の係長たちの分の弁当もあった。係長が捜査幹部かどうかは疑問だ。だが、管理官だけに弁当を注文するわけにはいかなかったのだろう。

安積はありがたくいただくことにした。捜査員たちは適当に外で食事を済ませてくるはずだ。

弁当を食べ終える頃《ころ》、すでにほとんどの捜査員が戻ってきていた。安積班のメンバーの顔も見える。水野はまだ戻っていなかった。

午後八時から、捜査会議が始まった。

会議が始まる直前に、水野が戻ってきて、安積はほっとしていた。

滝口管理官自ら会議の司会進行をつとめた。

「被害者の身元は？」

それにこたえたのは、栗原係長だった。捜査員たちの情報は、予備班席に集められる。そして、予備班の筆頭係長は栗原だ。

捜査一課の係長である栗原は警部で、所轄の係長の安積と相楽は警部補だ。

「まだ不明です」

「手がかりは？」

「今のところ、ありません」

「行方不明者の情報等はどうだ？」

「当たっていますが、被害者に該当するような届け出は見つかっていません」

「身元がわからなければ、鑑《かん》も取れない」

「はい。臨海署の鑑識が、被害者の着用していた衣類の分析をしているということですから、何かわかるかもしれません」

「犯罪歴などはヒットしないのか？」

「名前がわからない限り、犯罪歴なんかは調べられません」

「ダメ元で、ＳＳＢＣに頼んで、顔認証システムを使ってもらおう。遺体の顔写真をＳＳ

BCに送るんだ」

「了解しました」

SSBCは、捜査支援分析センターの略だ。ビデオ解析など科学捜査で、その名のとおり捜査の支援をしてくれる。

顔認証システムは実用段階に入っていると言われているが、どの程度有効なのか、安積にはわからなかった。

顔写真やビデオ画像の静止画があれば、資料を参照して人物を割り出すことができるという。長年刑事をやってきた安積にとっては夢のような話だ。

滝口管理官がさらに質問する。

「何か目撃情報は？」

栗原係長がこたえる。

「ありません。もともと遺体発見現場のあたりは、夜間は人気《ひとけ》がほとんどない場所ですから」

「だが、どこかで誰かが何かを見ているかもしれない。引き続き、目撃情報を探してくれ」

「了解しました」

「防犯カメラの映像は？」

「ええと……。担当は誰だったかな……」

すると、捜査一課の係員が挙手し、起立してこたえた。

「かつて大江戸温泉があったあたりの防犯カメラの映像を入手しました。現場付近で、防犯カメラはそれだけです」

滝口管理官はうなずいた。

「すぐに解析を始めてくれ」

栗原係長が言った。

「それも、SSBCに頼んだらどうでしょう？」

「あれもこれもというわけにはいかない。SSBCだって山ほど事案を抱えているんだ。こっちでできることはやらなくちゃ」

「わかりました。では、二名で解析に当たってくれ」

起立していた捜査員が、少しばかり悲しげな顔で「はい」と言い、着席した。安積は、彼の気持ちがわかった。ビデオの画面と睨《にら》めっこをして、あるかないかわからない「何か」を探す。それは辛《つら》い仕事だ。

多人数ならまだしも、たった二人でやるとなるとたいへんだ。だが、それが捜査というものだ。二人が音を上げたら応援を出してやろうと、安積は思った。

「その他に何か？」

滝口管理官が尋ねると、栗原係長がこたえた。

「司法解剖の受け入れ先が決まりました。明日、朝一で遺体を搬入します」

「そうか。他には？」

栗原係長が、安積と相楽の顔を見た。安積は小さくかぶりを振った。報告することは何もないという意味だ。相楽も同様だった。

「ありません」

栗原係長がこたえると、滝口管理官は会議の終了を宣言した。


捜査会議が終了してからも聞き込みに出かける捜査員たちがいる。それは、安積にとっては当たり前の光景だが、今後はそういうことがなくなるかもしれない。

働き方改革で、徹夜・泊まり込みの捜査を見直さなければならなくなった。こうした改革はまず公務員が範を垂れることになる。警察官も公務員なのだ。

防犯カメラやドライブレコーダーといった捜査に役立つ記録が増え、ＤＮＡ鑑定などの科学捜査もずいぶんと進歩した。にもかかわらず、この頃犯罪検挙率は落ちているのだという。

もしかしたら、働き方改革のせいじゃないのかと、安積は密《ひそ》かに思っている。

昔の刑事は、文字通り寝食を忘れて犯人を追った。そうした熱血は、もう時代に合わないのかもしれない。

そして、そんなことを言っている国は衰退していくに違いないと、安積は考えていた。

栄養ドリンクを飲んで「二十四時間戦えますか」と言っていた頃のほうが、この国は今よりずっと活《い》き活《い》きしていたように感じられるのだ。

安積は、水野が予備班席に近づいてくるのに気づいた。

「約束どおり、山口記者と話をすることができました」

わざわざそれを報告しにきたというわけだ。安積は尋ねた。

「どんな話だったんだ?」

「彼女の社の内部の話なので……」

水野は、栗原係長や相楽を気にしている様子だった。

すると、栗原係長が言った。

「何か二人で話したいことがあるのか?」

安積はこたえた。

「東報新聞の山口という記者が、水野に何かを相談したらしいんですが……」

「我々には聞かれたくない話のようだな」

「水野が言ったように、どうやら東報新聞の社内の事情のようなので……」

水野が言った。

「女同士の話でもありますし……」

栗原係長が言った。

「その記者というのは、女性なのか?」

「はい」

「いろいろと複雑だな」

　すると、相楽が言った。

「安積係長は、気になるでしょうね」

　栗原係長が相楽に尋ねる。

「それは、どういう意味だ？」

「山口記者をかわいがっているという、もっぱらの評判ですから」

　栗原係長が興味津々という顔で安積を見た。

「そうなのか？」

　安積はこたえた。

「そんな話、俺は初耳ですね」

　相楽が皮肉な笑みを浮かべて言う。

「そうですか？」

「俺は、山口記者を特別扱いした覚えはない」

　相楽は何も言わず、肩をすくめた。

「とにかく」

　栗原係長が言った。「話がしたいのなら、席を外していいよ。捜査会議も終わったことだし」

　安積は言った。

「いえ、ここで話を聞きます」

「じゃあ、そっちのほうで話をしてくれ。俺たちは聞かないようにするから」

安積は栗原係長に言われたとおり、少し椅子《いす》を移動させて彼らから離れた。空いている椅子を持ってきて座るように、水野に言った。

大きな声を出さなければ、栗原係長と相楽に話を聞かれることはないだろう。

安積は声を落として、水野に尋ねた。

「セクハラって、どういうことなんだ？」

「相手は、同じ社会部の遊軍記者らしいんです。定年後再雇用で、契約社員として社に残って遊軍をやっている人物だということです」

「定年後再雇用……？　だとしたら、還暦くらいの年齢ということだな」

「東報新聞では、そういう人が珍しくないらしいです。経験豊富な記者は貴重ですから」

「それで、セクハラというのは……？」

「その人が遊軍になってから、山口さんと関《かか》わることが増えたらしくて、いろいろなことを言われるらしいです」

「いろいろなことというのは？」

「胸がでかいんだから、もっとそれを強調するような服を着ろとか、記事を取るためなら、女を利用しろとか、色気のない服装はやめろとか……」

「今どき、信じられない発言だな。それがよく問題にならないものだ」

「定年ですからね。社会部にいる誰よりも先輩なわけです」

「いくら先輩だと言ったって……」

「それに、その人は、他人に聞かれないように、山口さんと二人きりの時を狙《ねら》って、そういうことを言うらしいです」

水野の口調が冷ややかになった。彼女はあまり感情を表に出すほうではないが、腹を立てているときは態度が冷淡になる。

「その人のセクハラは、発言だけなのか？　体に触れたりということはないのか？　そうなれば、迷惑防止条例違反や強制わいせつ罪も考えられる」

「今のところ、発言だけらしいです」

「今のところ？」

「今後、どういうふうにエスカレートするかわからないと思うんです」

「そうならないうちに、山口君がはっきりと言うべきだな」

「そこなんですよね、彼女が悩んでいるのは……。なにせ、社の大先輩ですし、実際に仕事の上では学ぶものも多いと、彼女は言っていました」

「つまり、セクハラだけでなくパワハラでもあるということだな」

「そういうことになりますね」

「だとしても、はっきりと言うべきだ」

「私もそう言ったんです」

「彼女も理屈ではわかっているんです。でも、社内の立場とか、いろいろ考えると、どうしていいかわからなくなる、と……」

安積は考え込んだ。

会社員の立場は、そう単純ではない。特に、セクハラやパワハラといった事柄は微妙だ。それを声高に訴えたがために、逆に社内で冷遇されることになった例もある。

山口には山口の考えがあるのかもしれない。

「もう少し、話を聞く必要があるだろう」

安積が言うと、水野は怪訝《けげん》そうな顔をした。

「何を訊《き》けばいいんですか？」

「山口君が困っていることはよくわかった。だが、客観的な状況がまだわかっていない」

「客観的な状況ですか？」

「そうだ。その大先輩が、どういうつもりで山口君にそういうことを言うのか……」

「嫌がらせに決まっているでしょう」

「そうとは限らない。さらに調べてみることだ」

水野がうなずいた。

「わかりました」

「ただ、殺人の捜査が最優先だ。それを忘れるな」

「彼女の反応は？」

「だいじょうぶです」

話が終わり、椅子を元の位置に戻そうとした安積は、予備班席のすぐ近くに石坂が立っているのに気づいた。

栗原係長が石坂に尋ねた。

「何だ？　何か用か？」

「安積係長に、お尋ねしたいことがあります」

安積は椅子を戻して席に着き、聞き返した。

「何が訊きたいんだ？」

4

石坂は、気をつけをして言った。

「自分のペアについてです」

安積は聞き返した。

「ペアについて？」

「はい。現在、暫定的に荒川さんと組ませていただいておりますが、もともとは……」

そう言って彼は、ちらりと安積のそばにいる水野に眼をやった。

安積は言った。

「そうだったな。当初は水野と組んでいたんだった」

「はい。今後、自分はどちらと組むのか、明らかにしていただけるようお願いいたします」

「そうだな……」

安積は改めて考えた。別にどちらでもいいのだが……。

そのとき、石坂の背後から荒川が近づいてきた。

「私と組んでくれないかね」

石坂が驚いて振り向いた。

何も言えずにいる石坂に、荒川は言葉を続けた。

「若い人と仕事をすると、いろいろと刺激があって勉強になるんだ。いいですね、安積係長」

石坂が向き直る。

安積は言った。

「もちろん、俺に異存はありません。荒川さんは相楽班なので、相楽係長にも訊いてみないと……」

相楽が言った。

「いいんじゃないですか。どうです、栗原係長」

栗原係長が言う。

「いい機会だ、石坂、おまえも勉強させてもらえ」

荒川が満足げにうなずく。

「あの……」

水野が言った。「私はどうすれば……」

栗原係長が言った。

「荒川さんは予備班にいた。交代で、水野が予備班に入ればいい。それで、いいね、安積係長」

安積はこたえた。

「はあ……。取りあえずはそれでいいと思います」

栗原係長がうなずく。

「じゃあ、そういうことで……」

石坂は、何か言いたげだったが、結局何も言わず、礼をすると、荒川といっしょに去っていった。

水野と組みたかったのだろうと、安積は思った。だが、荒川と組ませたほうが、教育的な効果は高い。結果的にはよかったのではないか……。

安積は、荒川が座っていた席を指さして、水野に言った。

「じゃあ、そこに座ってくれ」

安積の向かい側、相楽の隣だ。安積の隣は栗原係長だ。

「はい」

水野が言われたとおりに席に着く。栗原係長が言った。

「いやあ、水野みたいな女性がいると、予備班席が明るくなるな」

その発言は、セクハラになりかねないぞと、安積は思っていた。

安積の予想に反して、滝口管理官は午後十時を回っても、捜査員たちを帰らせようとはしなかった。だいたい、捜査本部にいながら帰宅するのは無理がある。そういう仕組みになっていないのだ。

安積はむしろ、ほっとしていた。重大な事案が発生して、それを担当することになったら、犯人を追ってがむしゃらに突っ走る。それが刑事だと、安積は思っている。

いや、安積だけではない。多くの捜査員たちがそう思っているはずだ。帰れと言われてもなかなか納得できない。

もちろん、寝不足が続くと、さすがに少し休ませてほしいと思うことはある。それでも、刑事は、本当にぶっ倒れるまで捜査を続けるのだ。

倒れたら、交代要員がいる。だから、心配しないでぶっ倒れるまで働けと、上司は言う。これは、普通なら立派なパワハラだ。だが、警察ではそれが通用する。

いや、通用したと言うべきか。現在の警察組織がどうなっているのか、自分が正確に把握しているわけではないと、安積は思う。

だが、安積のまわりにいる警察官たちは、昔と変わらずに、たまに文句を言いながらも激務に耐えつづけている。

滝口管理官も、そのタイプの警察官の一人なのだと、安積は思った。そして安積はそういう警察官に親近感を抱く。

ふと、部屋の隅のほうを見ると、二人の捜査員がパソコンのディスプレイと睨めっこをしている。防犯ビデオの映像を解析しているのだ。

ビデオ解析は、いくら時間があっても足りない。彼らは徹夜で作業をする覚悟に違いない。

「プロの犯行だとしたら……」

ぽつりと、相楽が言った。「捜査は難航するだろうなあ……」

すると、栗原係長が言った。

「縁起でもないことを言うな。俺たちは、早期解決をひたすら祈るんだよ」

「しかしですね」

相楽は簡単には引き下がらない。「実際に、手がかりがないんです。被害者は身元がわかるものをすべて抜き取られています。おそらく殺害場所を特定できないように、海に死体を遺棄したのでしょう。殺害現場は手がかりの宝庫ですが、遺棄されたとなると、手がかりは極端に少なくなります」

「楽な事件なんてないんだよ」

「素手で殺害したとなると、安積係長が言ったとおり、凶器の線から犯人を追うこともできません。もし、被害者の身元がわかったとしても、金で雇われたプロが実行犯となると鑑がありません」

栗原係長の表情がどんどん渋くなる。

相楽はどういうつもりだろう。栗原係長を苛立《いらだ》たせるようなことを発言して、何のメリットがあるのだろう。

安積はそう思いながら言った。

「手がかりは必ずある。あそこを見ろ。必死でビデオ解析をやっているんだ。彼らが何かを見つけてくれるかもしれない。相手がプロなら、手口捜査から何かわかるかもしれない」

相楽が言う。

「さすが、安積係長ですね。発言が前向きだ」

「あんたも前向きに考えるべきだ」

すると、管理官席から声が聞こえた。

「休めるうちに休んでおけよ。捜査員たちは替えがきくが、係長となるとそうもいかない」

栗原係長が言った。

「管理官はどうされますか?」

「俺はここから離れられない」

「指揮官がぶっ倒れたら、えらいことですよ」

二人のやり取りを聞いて、安積は言った。

「管理官がお休みの間、栗原係長が代わりをやってはいかがですか。俺と相楽も交代で休むようにしますから……」

栗原係長が滝口管理官に言う。

「交代で休む？　つまり、長丁場になると踏んでいるわけか？」

安積がその質問にこたえた。

「相楽はそう考えているようです」

それを受けて、相楽が言う。

「楽観は許されない事案だと思います」

彼の言う「楽観」は、俺の考えのことだろうか。つまり、俺のような考えは許されないと、相楽は言っているのかもしれない。

安積はそこまで考えてから、思い直した。別に相楽は他意があって言ったわけではないはずだ。たしかに、手がかりが少なく、捜査が難航しそうなのは間違いない。

滝口管理官が言った。

「一つ一つ探っていくしかないさ。本当に長丁場になって、ぶっ倒れそうになったら、おたくらの交代で休むという案を採用してもいい。だが、今はまだいい」

栗原係長がうなずいた。安積も、滝口管理官が言うことに納得した。一日二日なら、徹夜でも何とかなる。

安積は無言で席にいる水野に言った。

「そうしましょう」

「おまえはもう引きあげていいぞ」

すると、栗原係長が言った。

「そうだ。係長たちに付き合うことはない」

こういう場合、水野は妙な遠慮はしない。充分に捜査の経験を積んでいるからだ。

「では、失礼します」

彼女は立ち上がり、一礼すると歩き去った。


「被害者の身元がわかった？」

電話を受けた栗原係長の声が響いた。

安積たちは、いっせいに彼の顔を見た。栗原係長は、受話器の向こうの相手の言葉にうなずきつつ、メモを取っている。

捜査本部設置から一夜明けた八月二十二日の午前十時頃のことだった。受話器を置いた栗原係長が滝口管理官の元に向かう。安積と相楽がそれを追った。水野もノートを片手にやってきた。

滝口管理官が言った。

「身元が割れたのか？」

「はい。氏名・戸沢《とざわ》守雄《もりお》。戸棚の戸にサンズイに尺の沢。守雄は守るに雄……」

水野がノートにメモを取る。

「年齢・七十四歳。無職です。住所は葛飾《かつしか》区新小《しんこ》岩《いわ》三丁目……」

滝口管理官が質問する。

「どうやって割れたんだ？」

栗原係長がこたえた。

「SSBCです。顔認証がヒットしたようです」

安積は、正直言って驚いていた。顔認証という新しい技術が、あっさりと被害者の身元割り出しをやってのけたことが意外だった。

映像や画像の顔を認証する技術は、もっとずっと曖昧《あいまい》で頼りないものだと思い込んでいたのだ。

滝口管理官の質問が続く。

「ヒットしたということは、警視庁に何らかの記録があったということだな」

「戸沢守雄は、特殊詐欺に関わっていたようです」

「特殊詐欺の被害者か……。老人の被害が後を絶たないな。判断力が弱っている老人を狙うなんて、まったく腹立たしいことだ」

「いえ、それが……」

「何だ？」

「被害者じゃなくて、加害者のようです」

「何だって……」

滝口管理官は、呆気《あっけ》にとられたような顔をした。それは、安積や相楽も同じだった。

老人が特殊詐欺と関わりがあった。そう聞けば、滝口管理官でなくても被害者だろうと思ってしまう。

　加害者だというのが意外だった。

　滝口管理官が言う。

「つまり、その戸沢守雄が、誰かに対して特殊詐欺をはたらいたということか？」

「ええ。そうです」

「逮捕歴があるということか？」

「出し子で逮捕されましたが、結局起訴されていませんね」

　出し子というのは、ＡＴＭなどから現金を引き出す役割のことだ。

「不起訴か……」

「起訴猶予のようです。主犯格でなかったことや、年齢や境遇といった情状を酌んでのことらしいです」

「それがどうして殺害されたんだろう……」

「その件を担当した所轄や生安部に問いあわせようと思います」

「至急やってくれ」

　安積たち三人の係長と水野は、予備班席に戻った。

　栗原係長が相楽に言った。

「待てば海路の何とやらだ。それほど悲観したものでもないだろう」

　相楽がこたえた。

「被害者の身元がわかったのは何よりですね。しかも、過去に犯罪歴があったとなれば、そこから何かたどれます」

安積は訂正した。

「犯罪歴じゃなくて、逮捕歴だ。起訴されていないんだからな」

「そりゃそうですが、起訴猶予ということは、検察も罪は認めていたわけですよね」

「不起訴は不起訴だ。犯罪者扱いするわけにはいかない」

「はあ……」

二人のやり取りに、栗原係長が割って入った。

「とにかく、特殊詐欺に関わっていたことは確かだ。担当した所轄は、葛飾署だ。安積係長……」

「はい」

「葛飾署から事情を聞いてくれないか」

予備班の出番というわけだ。

「了解しました」

すると、相楽が言った。

「それ、自分がやりましょうか」

俺は楽をしていていいと言いたいわけか。それとも、俺から仕事を奪いたいのかな……。

安積はそんなことを思いながら言った。

「いや、俺が行く。あんたには他に仕事があるはずだ」

それを受けて、栗原係長が言った。

「相楽には、手口捜査の指揮を執ってもらう。同様の手口がないか当たってくれ。うまくすれば、被疑者が浮上する」

相楽はたちまちやる気を見せた。

「わかりました」

安積はさっそく葛飾署に電話をすることにした。特殊詐欺となれば、担当は生活安全課か。記憶をたどったが、葛飾署の生安課に知り合いはいない。

取りあえず、連絡してみよう。

安積は警電の受話器を上げて、葛飾署にかけた。名乗ってから、生活安全課につないでほしいと言った。

一度保留になり、ほどなく、つながった。

「はい。生活安全課」

「臨海署の安積と言います」

「臨海署……？　どんな御用でしょう？」

安積は、殺人の被害者が葛飾署の担当した特殊詐欺事件に関与していたらしいということを伝えた。

「わかりました。生活経済係につなぎましょう」

またしばらく待たされた。やがて、ちょっと間延びした口調の声が聞こえてきた。

「はあい。生活経済係、広田《ひろた》です。臨海署ですって？」

「はい。強行犯係の安積と言います。今、捜査本部が出来てまして……」

「ああー。そりゃあ、たいへんですなあ。それで、特殊詐欺に関わったやつが、殺されたんですって？」

「どうやらそのようです」

「名前は？」

「戸沢守雄です」

「ええー。戸沢がやられたんですか……」

のんびりした口調だが、明らかに驚いた様子だった。

「はい。ＳＳＢＣの顔認証システムで判明しました」

「そうですかあ……」

「よろしければ、これからうかがいたいのですが……」

「えーと……。私はかまいませんが……」

「では、十一時頃に……」

「はあい。お待ちしておりまあす」

安積は電話を切ると、栗原係長に言った。

「お願いします」

「葛飾署に行ってきます」

「一人じゃナンだな。水野を連れていけ」

水野は即座に立ち上がった。


「最寄《もよ》りの京成押上《おしあげ》線四《よ》ツ木《ぎ》駅までは、ゆりかもめに乗れば、新橋《しんばし》で一度乗り換えるだけです」

水野がスマートフォンのアプリで調べてくれた。彼女がいてくれて助かったと、安積は思った。もちろん、安積にだって電車の経路くらい調べられるが、もっと時間がかかったはずだ。

葛飾署に着いたのは、電話で予告した十一時を五分ほど過ぎた頃だった。受付で来意を告げると、すぐに生活安全課に行くように言われた。

警察署はどこも似たような造りだ。だから迷うことはなかった。生活経済係の島まで来ると、係長席の男が手を挙げた。

「やあ、臨海署の安積さんですね？」

ちょっと間延びしたしゃべり方は、間違いなく先ほどの電話の相手だった。

「広田係長ですね」

「そうです」

「彼女は、同じ臨海署の水野です」

三人は名刺を交換した。フルネームが広田芳明《よしあき》だということがわかった。

安積と水野は、係の島の近くにある応接セットに案内された。二人掛けのソファが、小さくて低いテーブルを挟んで向かい合わせに置かれているだけの、質素な応接セットだ。

安積と水野が並んで座り、その向かいに座った広田が言った。

「たまげましたよ。戸沢が殺されたなんて……」

「出し子をやって挙げられたことがあったそうですね」

「ええ。半年ほど前のことです。被害者は、四十代の主婦でした。裕福な家庭の奥さんですよ」

「手口は？」

「銀行員を装って電話するんですねえ。キャッシュカードが不正利用されています、なんて言って……。それで、カードをお預かりしますといって、自宅を訪ねていくわけです。それでカードと暗証番号を入手したんですなあ」

「よくある手口ですね」

「そうなんですよお。そんなのに、どうして引っかかるんだろうって思いますよねえ。でも、心の隙《すき》を衝《つ》かれるんですなあ。パニックになると、一時的に思考停止状態になりますからね。普段用心深い人でも引っかかることがあります。人間って、不思議ですよねえ」

「戸沢は起訴猶予になったんですね？」

「ええ、そうなんですが……」

広田の口調は、どこか意味ありげだったので、安積は尋ねた。

「何かあるんですか？」

「まあ、初めての逮捕で、しかも主犯じゃないし、高齢だということもあって、検察官は起訴猶予という判断をしたわけですが……」

安積は、黙って次の言葉を待った。

「もしかしたら、戸沢は常習犯だったかもしれないんです」

「常習犯」

安積はそうつぶやいてから、水野と顔を見合わせた。

5

広田係長が独特の口調で、説明を始めた。

「いやあ、確証があって言ってるわけじゃないんだけどねえ……。どうも、気になっていたんですよお」

「気になっていた？」

安積は尋ねた。「どんなところが？」

「身柄確保した係員の話なんだけどねえ、現金を引き出すときの態度が、何だか堂に入《い》っていたというんです」

「堂に入っていた？」

「そう。おどおどした様子がなかったし、手際がよかったらしい。そして、さりげなく周囲に気を配っていた様子だったそうです。どう見ても、初めての犯行には見えなかったと、その係員は言っているんですよお」

安積は、眉《まゆ》をひそめた。

「それを、検事に伝えましたか？」

「伝えたけど、何せ初めての逮捕ですからねえ。検事ってのは、そういう事実しか見ないでしょう?」

そうとは限らない。そう思ったが、ここは話を合わせるべきだろう。戸沢の件を担当したのが、そういうタイプの検事だったということもあり得る。

「そうかもしれませんね」

「それにね、あいつの見かけ、いかにも善良そうな老人だからねえ。そういうの、検事とか裁判官の心証に影響するでしょう」

「たしかに、そうですね」

「まあ、捕まえたやつの思い込みと言えばそれまでなんですけどね……。たしかに、俺《おれ》も怪しいと思いましたよ」

「勘ですか?」

「取り調べの印象ですよお」

「どんな様子だったんです?」

「しきりに、すいませんと繰り返すんです。反省してしょげている様子でした。出来心だったと何度も言っていましたねえ。でもねえ、それがどうもわざとらしいような気がしたんです」

「演技をしていたと……」

「そう感じたとしてもですよお、罪を認めて反省していると言う者を、それ以上どうやって追及できます？　調書にまとめてしまうと、被疑者の反省の弁が残るだけです。そして、検事はそれを読むわけだよね」

「検事も取り調べをやったのでしょう？」

広田係長はかぶりを振った。

「早々に自白したからね。その必要はなかったんですよ」

「なるほど……」

「けど、死んじまったんじゃあなあ……」

「掛け子とか受け子といった、他の詐欺メンバーは捕まったんですか？」

「掛け子」は電話をかける役目、「受け子」は被害者からカードや現金などを直接受け取る役目のことだ。

「検挙しましたよ。戸沢がすべて吐いたからね」

「その連中は起訴されたんですか？」

「そう。掛け子も受け子も実刑判決です。彼らは高齢者じゃなかったし、なかなか罪を認めようとしなかったり、反省の色がなかったからね。検察も裁判官も容赦なしでしたよ」

「被疑者は若かったのですか？」

「掛け子が二十二歳、受け子が二十五歳です」

安積は驚いた。

「戸沢の子供……、いや、孫と言ってもいい年齢ですね」

「犯罪サイトで知り合ったんだそうですよお。ネットとかSNSってのは、年齢は関係ないからねえ」

「掛け子、受け子が実刑判決。出し子の戸沢が起訴猶予。それで事件は決着したわけですね」

「そう。その件は終わり。だけどね……」

「だけど？」

「その事件が半年前のことです。それ以降の戸沢の動向は不明なんですよお。起訴猶予の処分が決まった後に監視なんかつけて、へたをしたらこっちが訴えられるからねえ」

「でも、その後の動向を気にされていたということですね？」

「俺は部下が感じたことを信じたいんですよ」

安積はうなずいた。

「わかります」

「戸沢が殺されたのは、特殊詐欺絡みなんでしょうかねえ……」

「それはまだわかりません。その事件の資料を拝見できますか？」

「書類は用意してあります。持っていってください」

安積は、礼を言った。


臨海署に戻ったのは、昼の十二時半頃《ごろ》だった。

「捜査本部に戻る前に、昼食をとっておこう」

安積は水野に言った。このまま捜査本部に戻ったら、食べ損ねる恐れがある。エネルギー補給は重要だ。

署の食堂で、さっさと食事を済ませる。安積も水野も警察官の例に漏れず、早食いだ。

午後一時前に捜査本部の予備班席に戻った。安積は、すぐに栗原係長に、葛飾署で聞いてきたことを報告しようとした。

すると、栗原係長が言った。

「管理官のところに行こう。そのほうが手間が省ける」

栗原係長と安積が滝口管理官のもとに向かうと、相楽と水野もついてきた。

戸沢が逮捕された事件について説明すると、滝口管理官が言った。

「その特殊詐欺事件が、今回の殺人とどう関《かか》わりがあるんだ？」

安積はこたえた。

「それはまだ不明です」

「何か考えを聞きたい」

「葛飾署の、広田生活経済係長が、戸沢はもしかしたら常習だったかもしれないという疑いを持っているようでした。それが少々気にかかります」

「常習？　初犯で起訴猶予だったんだろう」

「広田係長はどうも、その処分に納得していない様子でした」

「もし、戸沢が特殊詐欺の常習犯だったとして、それが殺人と関係があるのか？」

「調べてみないとわかりません」

滝口管理官が、栗原係長を見て言った。

「どう思う？」

「安積係長が言うとおり、まだ何とも言えませんね」

「だが、被害者が犯罪に絡んでいたという事実は無視することはできないな」

「そうですね」

「よし。安積係長は、そっちの線を追ってみてくれ」

安積は「了解しました」とこたえた。

続いて、滝口管理官が尋ねた。

「手口捜査のほうはどうだ？」

相楽がこたえた。

「同じような殺害の手口はまだ見つかっていません。殺害方法としてはとても珍しいものだと言えます」

「だろうな」

滝口管理官が言う。「刺殺、絞殺、扼殺《やくさつ》……。主な手口というと、そういったところか……」

「アメリカなどでは射殺が手口の上位に来るんでしょうが……。それに、意外に撲殺が少ないんですね。テレビドラマなどでは、頭を殴って殺害するシーンがけっこう見られますが……」

「稀《まれ》な手口だということは、それだけ犯人への手がかりになるということだ。引き続き、調べを進めてくれ」

「はい」

予備班席に戻ると、栗原係長が安積に言った。

「滝口管理官の指示通り、水野と二人で特殊詐欺の件を調べてくれ」

「わかりました」

「犯行の動機とかにつながるといいんだがな……」

「先ほども言いましたが、戸沢が常習犯だったかもしれないという、広田生活経済係長の話が気になります」

栗原係長は、しばらく考え込んでから言った。

「たしかに、出来心で出し子をやって捕まった老人が殺害されたというのと、特殊詐欺の常習犯が殺されたというのとでは、印象がかなり違うな……」

相楽が言った。

「でも、戸沢が常習犯だという確証はないんですよね？　葛飾署の人がそう思っているだけで……」

安積はこたえた。

「調べていくうちに、確かな証拠が見つかるかもしれない」

「それ、葛飾署にやってもらったらどうです？」

その相楽の言葉にこたえたのは、栗原係長だった。

「そうもいかんだろう。葛飾署の事案としてはもう終了しているんだ」

「でも、生活経済係の人は気にしていたんでしょう？」

安積は言った。

「死んじまったんじゃあなあ……。広田係長はそう言っていた」

相楽がきょとんとした顔になる。

「え？　どういうことです？」

「戸沢が、起訴猶予になってのうのうと暮らしていたことが悔しかったんだ。だからもう一度調べ直して、戸沢に思い知らせたいという気持ちがあった。だが、戸沢はもういない」

「でも、事実を明らかにしたいという欲求はあるんじゃないですか？」

「終わった事件を洗い直せるほど所轄は暇じゃない」

安積のその言葉に、相楽は肩をすくめた。

「まあ、今じゃ自分も所轄の人間ですから、それはよくわかりますけどね……」

栗原係長が言った。

「安積係長が言うとおり、これは捜査本部の仕事だよ」

相楽がさらに言う。

「仲間割れですかね？」

栗原係長が聞き返した。

「何だって？」

「戸沢が殺された理由ですよ。もし、特殊詐欺の常習犯だった場合ですが……」

「だが、仲間は逮捕されて、実刑判決だったんだ。まだ刑務所だろう」

「常習犯なら、他にも仲間がいたと考えられませんか？」

栗原係長が安積に言った。

「どう思う？」

「戸沢が逮捕された件の仲間は、犯罪サイトで知り合ったということでした。ですから、一回限りの共犯だったと考えていいでしょう。もし、常習犯だったとしたら当然、他にも共犯者がいた可能性はありますね」

相楽が言った。

「そのつど犯罪サイトで仲間を見つけていたとしたら、共犯者を探すのは不可能ですね」

安積は言った。

「難しいが、不可能ということはない」

相楽は何もこたえなかった。

栗原係長が水野に言った。

「いっしょに葛飾署で話を聞いていたんだろう？　どう思った？」

「広田係長の言葉には信憑性《しんぴょうせい》があるように感じました」

「根拠は？」

「戸沢の身柄を確保した生活経済係員の話です。戸沢は犯行に慣れている様子だったということです」

栗原係長がうなずいた。

「わかった。では、その件は任せた」


その後、安積と水野は予備班席で、葛飾署から持ってきた書類を詳しく調べた。

事件の経緯は、葛飾署で広田係長が言ったとおりだった。掛け子が銀行員を装い、カードの不正利用があったと被害者に知らせる。

掛け子は、「おそらく、どこかでスキミングされてデータを盗まれたのだろう」と言い、さらに、カードを預かって処理する必要があると告げる。

受け子が被害者宅を訪ね、パソコンで作成した銀行の名刺を見せて、カードを受け取り、暗証番号を書類に書き込ませる。

そして、そのカードと暗証番号で、戸沢が現金を引き出したのだ。

供述調書のコピーもあった。取り調べの際の戸沢の供述を記録し、押印されたものだ。

広田係長が言ったとおり、文面からすると、戸沢はすぐに罪を認め、深く反省しているように取れる。

取り調べを担当したのは、広田係長本人だろう。戸沢は演技しているのではないかと疑ったが、そのニュアンスを調書に反映させることはできなかったわけだ。

それは当然だ。供述調書はあくまで、被疑者の発言を記録したものなのだ。

何かを強く伝えたい場合は、送検の際に意見書を付けることができる。だが、この場合、それも難しい。

事実の裏付けがある場合は、意見書は付けやすい。例えば、これこれこういう事情があるので、情状を酌量できるのではないか、という意見書は書きやすいのだ。

根拠がなく、印象だけでは、意見書は書けない。

だから、広田係長は意見書を添えなかったのだろう。

検察官は、供述調書を額面通り受け取る。それも当然だ。書かれていないことをあれこれ想像したり解釈したりするのは正しいことではない。

つまり、検察官にとって戸沢は、初の逮捕で、罪を深く反省している老人でしかなかった。

安積と水野は、書類を何度も読み返した。安積は集中していたので、時間が経《た》つのをまったく意識していなかった。

栗原係長あてに電話があったのは、午後三時を過ぎた頃だった。

栗原係長は起立して、その電話の内容を、大きな声で滝口管理官に告げた。

「司法解剖が終わったそうです。詳しい結果は追って届きますが、死因はやはり頸椎《けいつい》骨折と脱臼《だっきゅう》による頸髄《けいずい》損傷です」

　滝口管理官が尋ねる。

「海に入る前に死んでいたということだな？」

「肺に海水がほとんどなかったので、死んだ後に遺棄されたのが、明らかだそうです」

「殺害場所の手がかりは？」

「届いた書類を調べてみようと思います」

「わかった」

　栗原係長が着席すると、安積たちに言った。

「解剖した医者によると、頸髄を損傷したからといって、必ずしも死に至るとは限らないそうだ」

　その言葉を受けて、相楽が言った。

「そうですね。調べてみると、交通事故などで頸髄を損傷した場合、軽傷なら手足のしびれがあるくらいで、それも自然に治るんだそうです。ひどく損傷した場合は麻痺《まひ》が残るらしいんですが……」

　安積は相楽に尋ねた。

「だが、戸沢の死因は頸髄損傷なんだろう？」

「その一方で、カイロプラクティックなんかで、頸部を急激に捻《ひね》る、いわゆるスラスト矯《きょう》正法《せいほう》は、重大な事故につながるとして、禁止される傾向にあるようです」

「それでも、死亡するようなことは稀なんだな?」

「ですから、首を捻るだけで人を殺すってのは、なかなかたいへんなことなんです。それなりの訓練を積んでいないとできないことなんですよ」

「どんな訓練だ?」

「武道の訓練とか……」

「俺たちは、術科で武道を学んでいるが、そんな技術を教わったことはない」

「柔道や剣道は、ずいぶんと近代化していますからね。危険な技は反則として禁じられているでしょう。そうじゃない武道や武術がまだ世の中にはあるんじゃないですか」

安積はその話をどう判断していいかわからず、栗原係長の顔を見た。栗原係長も、安積を見返していた。

相楽の話が続いた。

「まあ、武術は多少、非現実的かもしれませんが、軍隊の格闘術なら可能性は高まるんじゃないですか」

安積は戸惑いながら言った。

「自衛隊のことを言っているのか?」

「日本国内で技術を身につけたとは限りません。海外では、軍隊経験者が格闘技や護身術を指導するケースがあります。フランスの外人部隊に入隊した日本人がいたという話を聞いたことがありますし……」

「いずれにしろ、あまり現実感がないな……」

その安積の言葉に対して、栗原係長が言った。

「だが、今の相楽係長の話は、検視官の見立てとも一致するように思う」

安積は言った。

「つまり、犯人がプロかもしれないという話ですか？」

「そうだ。素手で人を殺す技術に長《た》けたプロなのかもしれない。他に同様の殺人がないか、さらに調べてくれ」

相楽がこたえた。

「わかりました」

素手で人を殺す技術に長けたプロ。その栗原係長の言葉に、現実感を持てぬまま、しばらくあれこれ考えていた。

すると、携帯電話が振動した。相手は、鑑識の石倉係長だ。

「被害者の衣類を調べた。土がごくわずか付着していたので、採取して微物鑑定を進めている。血痕《けっこん》その他の体液の付着はなし。毛髪などもなしだ。海につかっていたからなあ……」

「微物鑑定の結果を期待しています」

「ガイシャは、何の仕事をしていたんだ？」

「無職ですが……。なぜです？」

「いい服を着てたからな」

「いい服？」

「ああ。アメリカのアウトドアウェアのブランド品だよ。けっこうな値段がするブランドだ。ズボンもシャツも、そのブランドの品だから、ずいぶんいい暮らしをしてたんじゃないかと思ってな」

「七十四歳だということですから、普通なら年金暮らしですね」

「うーん……。年金暮らしって感じじゃねえなあ……」

「他には何か……？」

「今は、そんなところだ。じゃあな」

「知らせてくれて、ありがとうございます」

電話が切れた。

6

携帯電話をしまうと安積は、水野に言った。

「戸沢の件を担当した検事に会ってみたい。アポを取ってみてくれないか」

「了解しました」

広田係長がくれた書類の中に、その検事の名前があったはずだ。安積は紙をめくって、その名前を見つけた。

岸本哲雄《きしもとてつお》検事だ。

しばらくして、水野が安積に告げた。

「すぐに会ってくれるそうです。十六時半にアポを取りました」

安積はうなずいた。

「わかった。いっしょに来てくれ」

東京地検は、警視庁本部庁舎の隣だ。赤れんが棟が目印の中央合同庁舎6号館にある。

ゆりかもめと地下鉄有楽町線を乗り継ぎ三十五分ほどで着く。余裕を見てすぐに出ることにした。

臨海署の外に出ると、安積は水野に言った。

「石倉さんから電話があった」

「さっきの、携帯電話への着信ですね？」

「被害者が着ていた衣類について知らせてくれた。値の張るアウトドアブランドの服を着ていたそうだ」

「金回りがよかったということですね」

「広田係長の読みを裏付けているんじゃないかと思う」

「つまり、特殊詐欺で稼いでいたということですか」

「そういうことだ」

「私もそう思います」

高層ビルの中央合同庁舎第6号館A棟の東京地検を訪ねて来意を告げると、しばらく待つように言われた。

約束の時間より早く着いたのだから、待たされるのも仕方がないと、安積は思った。

だが、約束の時刻を過ぎても、いっこうに呼ばれる気配がない。十六時三十五分になると、水野が言った。

「ちょっと訊《き》いてきます」

「ああ……」

係員のところに向かう水野を見ながら、安積は思った。検事は多忙だ。なかなか思うように時間を空けられないのだろう。

あるいは、刑事など待たせてもいいと考えているのかもしれない。検事と刑事は役割が違い、立場は対等なはずだ。

だが、検事の指導で捜査することも多いし、被疑者を起訴するもしないも検事次第だ。だから、たいていの検事は自分が刑事よりも立場が上だと思っているようだ。

水野が戻ってきて言った。

「もう少し待ってくれということです」

安積はうなずいた。

さらに五分待たされた。

「やあ、すいません。お待たせして、本当に申し訳ない」

岸本検事は、おそらく四十代の前半だろう。いかにも検事らしい背広姿だった。その襟には誇らしげに「秋霜烈日」のバッジがあった。

安積と水野は小部屋に案内された。ガラスをはめ込んだ衝立《ついたて》で仕切ったような部屋で、テーブルと椅子《いす》だけが置かれている。外来者との面談のためのスペースのようだ。

名刺交換を済ませると、岸本検事は、安積と水野を座らせた。全員が腰を下ろすと、彼は言った。

「突然、上に呼ばれましてね……。本当に、お待たせしてすいません」

岸本検事は、本当に恐縮している様子だった。検事に対してあまりいい印象を持っていなかった安積は、少し考え直してもいいかなという気になっていた。

「葛飾署の特殊詐欺の事案について、うかがいたいことがありまして」

安積が言うと、岸本検事はうなずいた。

「電話で話を聞いて、すぐに思い出しました。半年ほど前の事案ですね。被疑者は三人いました」

「起訴猶予になった戸沢守雄について、なんですが……」

「ああ……。戸沢ね……。そうそう。高齢者でね、初めての逮捕だったし、末端の出し子でしょう。起訴するには忍びないと判断したんですよ」

「他の二人は実刑でしたね」

「反省の色がまったくありませんでしたしね……。なかなか罪を認めようとしませんでした。二人が犯罪を計画したことは、明らかだったのに」

「銀行員になりすまして、カードを詐取したんでしたね」

「ええ、そうです。その二人には余罪もありました」

「余罪……？」

「同様の手口です。銀行員になりすました……」

「戸沢には余罪がなかったのですか？」

「聞いておりません」

岸本検事が、あまりにもあっさりとそう言ったので、安積は一瞬、戸惑った。

「余罪については、調べなかったということですね？」

「調べませんでした。戸沢はすぐに罪を認めましたし、再三にわたり反省している旨の発言をしていましたので……」

「早い段階で、起訴猶予を考えていたということですか？」

「はい。供述調書をつぶさに読み、私自身で話も聞きました」

「葛飾署では、検事による取り調べはなかったと言っていましたが……」

「それは、警察といっしょに捜査はしなかったという意味でしょう。送致されてきたら、会って話は聞きますよ」

「なるほど、そういうことでしたか」

「まあ、葛飾署の捜査員が言うとおり、取り調べというほどのものではありません。供述調書の確認です」

「そのときの、戸沢の印象は？」

「供述書通りでした。何度も反省の言葉を発しておりました。実際に会って話をして、起訴猶予を決めました」

「葛飾署で取り調べを担当した捜査員は、戸沢が演技をしていたのではないかと言っていますが……」

「私にはそうは思えませんでした。その捜査員がそう感じたとしても、それを裏付ける事実がなければ、意味がありません」

「戸沢が常習犯ではなかったかと、その捜査員は言っていました」

岸本検事はしばらく考え込んでいた。やがて、彼は言った。

「それを物語る事実は見つかっていません。もし、彼が常習犯だったとしても、それを実証できないのですから、起訴猶予は妥当だったと思います。疑わしきは罰せずが原則ですから」

刑事と検事では、犯罪者に対する見方に違いがある。それは仕方のないことだと、安積は思った。

警察官は、大勢の一般人の中から被疑者を見つけ出さなければならない。そのためには、相手が誰であれ疑ってかかる必要があるのだ。一方、検事は送致されてきた被疑者のことを判断すればいいのだ。すべての人を疑う必要はない。

警察官が世間で嫌われるのは、いつも人を疑っているからなのだ。いつしかそれが、習慣となってしまう。

人を疑わずに生きていける人たちがうらやましいと、安積は思う。

「確証はないにせよ、常習犯だった可能性はお認めになるのですね？」

安積が尋ねると、岸本検事は真剣な眼差《まなざ》しで言った。

「私が認めようが認めまいが、どうでもいいことでしょう。起訴猶予という結論が間違っていたとは思いません。どうしてそんなに戸沢にこだわるのですか？　彼がまた何かやったんですか?」

「殺害されました」

「え……?」

岸本検事が目を丸くして固まった。「殺害された……? 戸沢が、ですか?」

「東京湾に遺体が浮いていました」

「あ、ニュースで見ました。あの事案の被害者が戸沢だったんですか……」

おそらく、捜査一課の理事官が記者発表しているはずだ。だから、しゃべっても問題はないはずだ。

「そうです。我々は今、その捜査本部におります」

「いや、そうでしたか……。それで、特殊詐欺をやっていたことが、殺害と何か関係があるのでしょうか?」

「それはわかりません。しかし、我々は関係があるという前提で捜査を進めなければなりません」

「だから、戸沢が常習だったかどうかにこだわるわけですね」

「もし、他にも特殊詐欺をやっていたとしたら、その共犯者の中に、事情を知っている者がいる可能性があります」

岸本検事は、困ったような表情になった。

「協力したいのはやまやまですが、何せ、戸沢の事案はもう手を離れていまして……」

次から次へと、担当しなければならない事案が舞い込んでくるのだろう。いつまでも一つの事案に関わっているわけにはいかないのだ。

「何か、お気づきのことがありましたら、連絡をいただきたいのですが……」

「わかりました。携帯電話の番号を交換しておきましょう」

向こうから電話番号の交換を言い出したことに、安積は少々驚いていた。迷惑がられるのがオチだと思っていたのだ。

「協力したいのはやまやまだ」という岸本検事の言葉は嘘《うそ》ではないようだ。

面会時間は、二十分ほどだった。それでも会ってくれただけありがたいと、安積は思った。

安積は礼を言って、水野とともに東京地検をあとにした。

臨海署に戻ってくると、玄関で東報新聞の山口友紀子に呼び止められた。

「安積係長、何かわかりました？」

すると、いっしょにいたかなり高齢の男性が言った。

「そんな訊き方があるか。それじゃ、こたえようがない」

普通なら、通り過ぎるのだが、そのやり取りが気になって、安積は思わず足を止めてしまった。

山口といっしょにいた男が、安積に言った。

「東報新聞の高岡伝一《たかおかでんいち》といいます」

「東報新聞……」

「ええ。遊軍やってます」

ひょっとすると、これがセクハラ男かもしれない。そう思い、安積は相手をしげしげと見た。

すっかり白くなった髪が、やや長めだった。それが、昔ながらの記者風だと安積は思った。

セクハラをするような男なら、さぞかし下品なやつだろうと想像していた。だが、高岡と名乗った男は、その想像とは一致しない。

たしかに上品とは言い難い。だが、何というのか、一種の落ち着きを感じさせる。したたかな落ち着きだ。記者らしい面構えをしているのだ。それは、最近見かけなくなったものだった。

高岡が言った。

「うちの山口が世話になっているそうですね」

安積は言った。

「別に世話をしているつもりはありません」

高岡が水野を見て言った。

「おや、そちらの別嬪《べっぴん》さんは？」

今どきは、別嬪さんという言い方がすでにセクハラだ。ああ、やはり彼がセクハラ男に違いないと、安積は思った。

安積も水野もこたえないので、山口が言った。

「安積班の水野巡査部長です」

高岡は水野を見ながら言った。

「山口といっしょに、ちょくちょく顔を出すかもしれないので、よろしくお願いしますよ」

安積は言った。

「公式な発表は、捜査一課の理事官か副署長がやりますので、それを聞いてください」

「係長からも何か聞きたいんですけどね」

「話すことは何もありません」

「葛飾署に行きましたよね？」

安積は驚いて、思わず高岡の顔を見ていた。こうした感情の動きを記者に見せるべきではない。だが、本当に驚いたのだ。

どうして、高岡は俺が葛飾署に行ったことを知ってるんだろう……。

そう思いながら、安積は言った。

「ノーコメントです」

「広田さんとはね、昔から知り合いなんですよ」

高岡は、あっさりとタネ明かしをした。

刑事と記者は、どこで接点があるかわからないので、油断がならない。

ふと見ると、山口が困ったような顔をしている。彼女は臨海署担当として、時間をかけて安積たちと信頼関係を築いた。それを無視するような高岡の態度に困り果てているのだろう。おそらく、腹を立てているはずだ。

「俺から言うことは何もありません」

安積はそう言うと歩き出した。自然と速歩《はやあし》になっている。

背後から高岡の声が聞こえる。

「今後とも、よろしく」

一階の廊下を進んでいくと、水野が言った。

「ずうずうしいやつですね」

「高岡のことか？　昔は、ああいうタイプの記者は珍しくなかった」

「山口さんにセクハラしてるの、あいつですね」

「やっぱり、そう思うか？」

「山口さんが、眼《め》で訴えてました」

「それで、水野はどうするつもりだ？」

「高岡を逮捕するわけにもいきませんからね。とにかく、様子を見てみようと……」

「そうだな……。正式な訴えでもない限り、俺たちにはどうしようもない」

「でも、彼女は助けを求めているんですから、何とか力になってあげたいとは思います」

「ああ、そうすべきだな」

そのとき、階段のほうから水上安全課の吉田係長が歩いてくるのが見えた。操舵手《そうだしゅ》の浅井晴海といっしょだった。

安積は声を掛けた。

「どうしました?」

吉田係長がこたえる。

「どうしたはないだろう。俺だって臨海署の署員なんだ」

「いつも別館にいると思っていたので……」

「人事のこととか、用事があればこっちにも来るさ。おまえさん、今、捜査本部なんだろう?」

「ええ。水野もいっしょです」

「そうか。たいへんだな」

「船で来たんですか?」

吉田係長は笑った。

「まさか。船ってのはな、停《と》める場所に苦労するんだ。車みたいなわけにはいかないんだよ」

「浅井がいっしょなので、てっきり彼女が警備艇《てい》を操縦してきたのかと思いました」

「普通に車で来たよ。人事で浅井のちょっとした手続きがあったんだ」

「保護者みたいですね」

「俺がか？　逆だよ。最近じゃ、浅井が俺の面倒を見てくれている」

浅井は終始無言だ。吉田係長の脇で、気をつけをしている。

「ホシを早く挙げてくれよ」

吉田係長は、そう言って歩きだす。浅井は、きっちりと上体を十五度傾ける敬礼をしてから、その後を追った。

水野が二人の後ろ姿を見て言った。

「しっかり鍛えられているようですね」

「浅井か？　そうだな」

「パワハラとかセクハラとか、絶対に言いそうにない雰囲気ですね」

「さあ、それはわからないぞ」

捜査本部に戻ると、安積は栗原係長と相楽に、岸本検事の話をした。

報告を聞き終えると、栗原係長が言った。

「戸沢に余罪があるとしたら、そいつは無視できない。安積係長、引き続きその線を追ってくれ」

「わかりました」

相楽が安積に言った。

「手口捜査のほうは、さっぱりですよ。似たような手口の事案が二件あったんですが、両方とも犯人は刑務所です」

「その二件の犯人というのは、何者なんだ？」

「どちらもマルＢ絡みですけどね。一人はプロレスラー崩れ、もう一人は元大学柔道の選手です」

「どちらも怪力の持ち主だな」

「まさか、プロレスの団体や大学の柔道部を虱潰《しらみつぶ》しにするわけにもいきませんしね……」

その言葉を受けて、栗原係長が言った。

「防犯カメラの映像とかから、手口捜査に結び付くような手がかりが見つかるかもしれない」

相楽は、あまり期待していないような口調で「そうですね」と言った。

捜査員のほとんどが上がってきた午後八時、捜査会議が始まった。司会進行は滝口管理官だ。

栗原係長が、司法解剖の結果を発表した。先ほど聞いた内容とほぼ同じだ。死因は頸髄損傷で、死んでから遺棄されたと見られる。

その他に目立った傷は発見されず、そのことから、ほとんど争ったり抵抗したりということがなく殺害されたことがわかる。

これもプロの犯行を物語っているような気がすると、安積は思った。手際がいいということだ。

あるいは、顔見知りだった可能性もある。いずれにしろ、予断は禁物だ。

安積はふと、捜査員席に並んで座っている荒川と石坂のほうを見た。まるで親子のようだ。

あの二人は、その後うまくやっているのだろうか。

それが少々、気になっていた。

7

「被害者の戸沢が関《かか》わっていた特殊詐欺事件のほうはどうだ?」

滝口管理官の声に、安積は我に返った。荒川と石坂のことなど気にしている時ではない。

安積は立ち上がって、葛飾署を訪ねたこと、岸本検事に会ったことを報告した。

滝口管理官が質問した。

「戸沢に余罪があったということか?」

「確認は取れていません。しかし、葛飾署生活経済係の広田係長は、そういう印象を持っているようでした」

「印象か……」

滝口管理官がうなった。「それでは、どうしようもないな。検事は、そうは考えなかったのだろう?」

「……というか、最初からそういう可能性を考慮しなかったようです。初めての逮捕で、取り調べでは、繰り返し反省の弁を述べていたようですから……」

「もし、戸沢に余罪があったとしたら、それが殺人と関係があると思うか?」

「当然、関係があると考えて捜査すべきだと思います」

「安積係長は、今、特殊詐欺事件を追っているんだな？」

「はい」

「では、その捜査を続けてくれ」

「了解しました」

安積は着席した。

その後、滝口管理官は、鑑取り班や防犯カメラ映像を調べている二人に、進み具合を尋ねた。

捜査一課の捜査員がこたえた。

「映っている車両を片っ端からリストアップしていますが、今のところそれで精一杯です」

「よし、人員を増やして、リストアップした車両について洗ってくれ」

その言葉を受けて、栗原係長が言った。

「取りあえず、地取り班から二名、そちらに回ってくれ」

すると、捜査一課の四十歳前後の捜査員が挙手して言った。

「私たちがやりましょう」

彼の隣に村雨がいた。村雨と彼が組んでいるのだ。つまり、村雨も防犯カメラに映った車両の捜査を担当するということだ。

あいつのことだから、どんな捜査でもそつなくこなすはずだ。安積はそんなことを思っていた。

会議は午後九時前に終わった。

安積は、水野に言った。

「今日はもう何もないだろう。帰宅してくれ」

水野は驚いた顔で言った。

「捜査本部なんですから、当然泊まり込むつもりだったんですが……」

すると、相楽が言った。

「そういう時代じゃないんだよ。上司が徹夜を強いたりしたら、明らかにパワハラだ」

水野が相楽に言った。

「自ら進んで泊まるんですから、パワハラじゃないでしょう」

安積は言った。

「捜査が大詰めになったら、帰宅もままならなくなるだろう。帰れるときは帰ったほうがいい」

「そうだ」

栗原係長が言った。「今無理することはない。まあ、もっとも帰宅といっても待機寮に戻るんだろう？　いつ呼び出されるかわからんぞ」

水野が言った。

「わかりました。では、何かあったらすぐに呼び出してください」

安積は言った。

「今日中に捕り物ということはあり得ない。ゆっくり休んでくれ」

「係長はどうされるんですか？」

「俺《おれ》も、様子を見て帰宅するつもりだ」

それを聞いて安心した様子で、水野は帰り支度を始めた。

「では、失礼します」

水野が去ると、相楽が言った。

「本当は帰る気なんかないですよね？」

安積はこたえた。

「そうだな。帰るのは面倒だな。独り身の気楽さだ」

それを聞いた栗原係長が言った。

「え？　安積係長は独身なのか？」

「離婚しました」

「そうか。そいつはたしかに気楽だな」

相楽が言った。

「一人だと、どんなに家を空けても気がねすることないですからね」

こいつは独身だったはずだ。結婚生活のことなど知らないだろう。特定の交際相手はいるのだろうか。同じ署にいるが、今までそういう話をしたことがない。相楽はプライベートなことを話したがるタイプではないし、安積も特に興味はない。

「たしかにそうだなあ……」

栗原係長が言う。「昔は家にあまり帰らない刑事もいたみたいだけどな……。さっき、相楽が言ったように、そういう時代じゃないようだ」

日本がもっとずっと元気だった頃《ころ》は、刑事に限らず、世の男たちは家などかえりみず仕事をしていたような印象がある。

単身赴任は当たり前だったし、商社マンは海外を飛び回っていた。普通のサラリーマンも出張や徹夜仕事、接待などで家を空けることが多かった。

だが、今より家族の結束は固かったように感じられる。

いや、それはただの思い込みかもしれない。仕事優先で家庭をおろそかにしたために離婚した安積が言えることではない。

栗原係長が言った。

「戸沢は、サイトで特殊詐欺の仲間に加わったんだったな？」

話題が変わり、安積は少々ほっとしていた。

「そうです」

「もし、余罪があるとしたら、それも闇《やみ》サイトで仲間に加わったのかもしれない」

安積はうなずいた。

「調べてみます」

「安積係長は、そういうの、得意なのか？」

「そういうの？」

「ネットとかＳＮＳとか……」

「あまり興味はありません。そういうことはいつも、須田という係員に任せています」

「じゃあ、その須田の助けを借りるといい」

安積は驚いた。

「特殊詐欺の件は、本筋とは言い難いので、あまり人数を割けないでしょう。取りあえず、水野と俺の二人でやったほうが……」

「本筋でないとはいえ、被害者が犯罪に関与していたというのは無視できない。その須田がいれば捜査が進むんだろう？」

「助かるのは確かです。しかし、須田も捜査一課の誰《だれ》かと組んでいるはずです」

「別な誰かとペアを組ませるさ」

願ってもないことだった。水野と須田がそろえば百人力だ。

安積は捜査本部内を見回した。須田の姿はない。捜査会議が終わってから、再び捜査に出かけたのかもしれない。

安積は携帯電話を取り出して、須田にかけてみた。呼び出し音三回で出た。

「あ、係長ですか？　どうしました」

「今どこにいる？」

「遺体発見現場付近です」

夜の九時過ぎの青海コンテナ埠頭《ふとう》のあたりは、おそらく真っ暗で人気《ひとけ》がないはずだ。一般人は手がかりなど見つからないだろうと思うはずだ。それでも捜査員は、現場に足を運ぶ。

犯人が必ず痕跡《こんせき》を残すと知っているからだ。あるいは意外な目撃者がいるかもしれない。無駄かもしれないと思いながらも、訪ねずにはいられないのだ。

「その後は捜査本部に戻るのか？」

「ええ、戻ります」

「何時頃になりそうだ？」

「そうですね……。あと小一時間というところでしょうか……」

「わかった。戻ったら、予備班席に来てくれ」

「了解しました。いやあ、署のすぐそばなのに、夜の埠頭なんて滅多に来たことがなかったんですよね」

「そうだろうな」

「夜景がきれいかなと思ったんですが、対岸もコンテナ埠頭なんで、暗いんですよね」

須田は、海をはさんで大井《おおい》埠頭のあたりを見ているのだろう。

「何か見つかるといいがな」

「あ……、ええ、そうですね。じゃあ、後でうかがいます」

安積は電話を切った。


須田が予備班席にやってきたのは、午後十時を回った頃だった。

「係長、何でしょう？」

安積はまず、栗原係長に須田を紹介した。すると、栗原係長が言った。

「誰と組んでいる？」

「捜査一課の綿貫《わたぬき》君です」

「綿貫俊哉《としや》巡査部長だな？　どこにいる？」

「トイレに寄ってから本部に戻ってくるはずです」

須田は振り向いて言った。「ああ、今戻りました」

栗原係長が言った。

「ここに呼んでくれ」

「はい」

須田は、よたよたと駆けていき、綿貫を連れて戻った。須田が「君」付けで呼んでいたことからわかるとおり、年齢が同じくらいだった。階級も同じだ。

綿貫が栗原係長を見て言った。

「お呼びですか？」

「須田が予備班の仕事を手伝うことになったので、ペア替えだ。ええと、所轄で交代要員が必要だが……」

安積班では、水野にペアがいない。須田と水野の交換ということになるのではないか。

安積がそう思ったとき、相楽が言った。

「うちの日野《ひの》が一人でパシリやってます。それでよければ……」

栗原係長が尋ねる。

「年齢と階級は？」

「三十歳の巡査長です」

「いいだろう。綿貫、日野巡査長と組んでくれ」

「了解しました」

相楽が携帯電話を取り出して言った。

「後で、そちらを訪ねさせる」

綿貫は相楽に言った。

「よろしくお願いします」

そして、三人の係長に礼をしてその場を離れた。

須田が安積に尋ねた。

「予備班の仕事を手伝うんですか？」

安積は、闇サイトやSNSの捜査のことを説明した。須田は、小学生が秘密を共有したときのようなしかつめらしい顔になった。

自分が真剣だということを強調したいとき、あるいはうれしくて顔がほころびそうなのを誤魔化すときに、須田はよくこんな表情を見せる。

須田はコンピュータオタクだ。その特技が活《い》かせることがうれしいに違いない。

「わかりました。すぐに取りかかります」

十時を大きく回っているが、インターネットやＳＮＳの捜査なら時間は関係ない。安積は言った。

「そこは水野の席だ。そこを使ってくれ」

「はい。じゃあ、パソコンを持ってきます」

須田は再び、よたよたと駆けていった。彼はいつも使っている革の肩掛けカバンを抱えて戻ってきた。その中におそらく私用のパソコンが入っているのだ。

須田ほどの能力があれば、スマートフォンだけでもかなりのことを調べられるはずだ。だが、やはり本人はパソコンを使いたいらしい。

須田が作業を始めると、栗原係長が言った。

「安積係長は、本当に帰宅しないのか？」

「ええ。署に泊まるつもりです」

相楽が栗原係長に言う。

「安積係長にとっては、臨海署も自宅みたいなものです」

どういう意味だろう。安積がそう思っていると、栗原係長が言った。

「じゃあ、ちょっとここを頼んでいいかな」

安積はこたえた。

「もちろんです」

「自宅に着替えを取りにいきたい。すぐに戻ってくる」

「ゆっくりしてきてください。朝まで、ここから動かないつもりです」

「いや、本当にすぐに戻る」

栗原係長は席を立ち、滝口管理官のもとに行った。すると、滝口管理官の声が聞こえてきた。

「そんなことは、いちいち俺に断らなくてもいい。係長同士でやり繰りしてくれ」

栗原係長は礼をして幹部席を離れ、出入り口に向かった。


午前零時になろうとする頃、須田が言った。

「闇サイトは、特殊詐欺のオンパレードですね」

今どきでも「オンパレード」などという言い方をするのだろうか。須田は時々、妙に古風なことを言う。

「特殊詐欺は人手が必要だからな」

相楽が言った。「あまり抵抗感がないから人が集まりやすいんだ。手荒なことをするわけじゃないし……」

　安積は須田に尋ねた。

「戸沢について、何かわかったか？」

「半年も前の事案ですよね？　難しいけど、いろいろと手を尽くしてみます。最近は、SNSに驚くほどの個人情報が残っていますから、何か見つかるかもしれません」

「期待しているぞ」

「任せてください」

　須田がさかんにマウスを操り、キーボードを叩《たた》く。捜査員席の一角では、防犯ビデオ解析班が須田と同じように、パソコンの画面を覗《のぞ》き込んでいる。

　その中に村雨がいた。

　安積は席を立ち、村雨たちに近づいた。

「どんな具合だ？」

　安積が尋ねると、村雨がこたえた。

「いやあ、これはたいへんな作業ですね……。車が映っていると言っても、ほとんどヘッドライトだけです。車体が見えても、車種を特定するのは難しい。モノクロなので、車両の色もわかりません」

「それでも、リストアップは進んでいるんだろう？」

　パソコンの画面を見つめていた、捜査一課の係員が言った。

「ほとんどヤマカンで車種を決めているものもありますけどね……。やっているうちに慣れてきて、ヘッドライトの位置で、どんな車か見当がつくようになりました」

「それはたいしたものだ」

ビデオなど、捜査を支援する科学技術が進歩しても、最終的には捜査員の眼《め》がものを言うのだと、安積は思った。

村雨が言った。

「これ、ＳＳＢＣに頼めないんですかね。そのためのＳＳＢＣでしょう」

安積はこたえた。

「滝口管理官が言っていただろう。あれもこれもというわけにはいかないんだ」

わかっていても、苦情を言うのが村雨だ。

捜査一課の係員が村雨に言った。

「どうせ、今夜中に終わるよ」

安積は尋ねた。

「そうなのか？」

「ええ。遺体が遺棄されたと思われる一日にしぼっていますし、夜間は交通量が極端に落ちますから……」

「車種の割り出しに時間がかかるんだろう？」

「それでも、あらかた終わっていますので……」

安積はうなずいた。

「解析が終わったら、少しでも休んでくれ」

その係員は笑みを浮かべた。

「言われなくても、休みますよ」

安積は席に戻った。

すると、須田が腕組みをしているのに気づいた。仏像のような半眼だ。これは、須田が真剣に何かを考えているときの顔だ。

安積は尋ねた。

「何かわかったのか？」

「ええと、ですね……。検索をかけて、戸沢本人のアカウントを見つけたんですが、本人はほとんど投稿をしていません」

「そうか……。まあ、俺も読むだけで、書き込みはしないからな。じゃあ、ＳＮＳにも手がかりはないわけだ」

「それが、ですね。戸沢がタグ付けされている写真が見つかったんです」

「タグ付け……？」

「ええ。ＳＮＳ上の友達が写っている写真に名前を書き込むと、その人のアカウントにつながるんです」

「何を言っているのかよくわからないが、つまり、戸沢本人の写真を見つけたわけだな？」

「はい。別の人の投稿の中にありました。その人物もいっしょに写っています」

「その写真を見せてくれ」

「はい」

須田は、パソコンの画面を安積のほうに向けた。安積といっしょに相楽もそれを覗き込んだ。

三人で写っている写真だ。戸沢の他の二人は、同じくらいの年齢だ。

「何だ、これ……」

相楽が言った。「バーベキューでもやっているのか?」

たしかにそんな様子だった。そういえば、戸沢の衣類はアウトドアブランド製品だったと、石倉が言っていた。

安積は須田に尋ねた。

「おまえは、この写真を見てずいぶん考え込んでいたようだが、何か不思議なことでもあるのか?」

須田が仏像のような顔のままこたえる。

「この写真がアップされたの、遺体が発見される前の日なんですよね」

8

写真のことを告げると、滝口管理官の眼に強い光が宿った。期待の輝きだ。

「この写真がアップされた直後に、被害者が殺害されたということだな？」

管理官席の前に並んで立っている安積と須田に、滝口管理官がそう尋ねた。

安積はこたえた。

「そういうことになります」

「いっしょに写っている二人は何者だ？」

須田がこたえた。

「ええと、戸沢が一番左側にいますよね。その隣、つまり真ん中にいるのが、この写真をアップした人物です。プロフィールにある名前は、猪狩修造《いかりしゅうぞう》。ハンドルネームを使うこともよくありますが、これは本名のようです」

滝口管理官が尋ねる。

「もう一人の名前は？」

「まだ不明です。こちらにはタグ付けされていませんでした。おそらくＳＮＳのアカウントを持っていないんでしょう。……で、先ほどのご質問におこたえしますと、この三人は釣り仲間のようです」

「釣り仲間……」

「はい。この写真も、いっしょに伊豆大島《いずおおしま》に釣りに行ったときのものです」

「伊豆大島……」

滝口管理官の眼の光がいっそう強くなった。「その翌日に、戸沢は死体となって海に遺棄されていたわけだな？」

「ええ、そうです」

「遺体の発見者は、たしか神津島行きフェリーの航海士だったな？　つまりその航路の近くに遺体があったということだ。もしかしたら、伊豆大島行きのフェリーの航路でもあるんじゃないのか？」

「おっしゃるとおりです」

須田が言った。「竹芝桟橋と神津島を結ぶ航路は伊豆大島への航路と同じです。……というか、神津島へ行くのに、伊豆大島に寄って行きますから……」

「じゃあ、大島から帰る途中に殺害されたという可能性もある」

安積は言った。

「須田も、その可能性があるのではないかと考えたようです」

「乗船名簿を当たってくれ」

「はい」

「猪狩修造が事情を知っているかもしれない。所在を確認して、捜査員を送るんだ」

「了解しました」

安積はこたえると、須田とともに予備班席に戻った。

すると、相楽が安積に言った。

「写真の釣り仲間に殺害されて、船から遺棄されたってことですね」

安積は言った。

「殺害したのに、いっしょに写っている写真をSNSにアップしたりするか？」

「別に不思議はないですよ。世の中おかしなやつが多いですから。だいたい、SNSに自分の写真をアップすること自体、俺に言わせりゃ普通じゃないです。世界中の人々に、顔を知られてしまうんですよ」

「たしかに、ずいぶんと危険なことだと思う。だが、そう思うのは俺たちが警察官だからかもしれない」

すると須田が言った。

「たいていはアルバム感覚なんですよね。その投稿が世界中につながっているということはあまり考えないんです。見られる人を限定する設定があるので、それで安心しているわけです」

相楽が須田に言う。

「実際は、その設定をしても、誰が見るかわからないことに変わりはないんだろう」

「ええ。抜け道はあります。事実、俺たちは、猪狩修造の写真をこうして見つけたわけですし……」

安積は、話を戻した。

「やっぱり、殺害・遺棄しておいて、いっしょに写っている写真をSNSにアップするというのは、不自然な気がする」

それに対して、相楽が言う。

「写真をアップした後に殺害したのかもしれません」

安積は眉《まゆ》をひそめて聞き返した。

「どういうことだ?」

「伊豆大島で写真を撮っているんですよね? 撮影してすぐにSNSにアップしたんじゃないですか? そのときは、殺害することになるなんて思ってもいなかったんでしょう。でも、その後、トラブルがあって殺害することになったわけです。海に遺棄したことを考えれば、殺害したのはフェリーの甲板かもしれません」

安積は、相楽が言うことを真剣に考えてみた。あり得ないことではない。そして、滝口管理官もその可能性を考えているようだ。

「だが……」

安積は言った。「戸沢はかなり特殊な手口で殺害されたんだよな? 検視官もプロの犯行だと言っていたらしい。釣り仲間がトラブルを起こして、フェリーで殺害したというのは、手口と一致しないように思う」

　相楽が肩をすくめた。

「猪狩かもう一人の男が、特殊な技術を持っていたのかもしれませんよ。武道の達人かもしれないし、カイロや整体の治療師かもしれません。いずれにしろ、猪狩らから話を聞かなければなりませんね」

「そうだな」

　そこへ、栗原係長が戻ってきた。

「やあ、済まなかった」

　彼は小振りのボストンバッグを下げている。着替えが入っているのだろう。

　安積は驚いて言った。

「お戻りは、朝かと思っていました」

「着替えを取りにいくだけだと言っただろう」

　席に着いた栗原係長の表情が沈んでいるように見える。着替えを取りにいくためだけに帰宅する捜査員は滅多にいない。自宅で何かあったに違いない。

　だが、安積から尋ねるつもりはなかった。人それぞれに事情があるのだ。他人が安易に立ち入るべきではない。

　須田が見つけた写真について報告しようと、安積が視線を向けると、栗原係長が言った。

「うちに猫がいてね……。二十歳だったんだが、もう寿命でね……」

「寿命……」

「ああ。何日か前からいつ逝《い》ってもおかしくない状態だったんだが、さっき死んだ」

「そうですか……」

「二十年いっしょに住んでいたからな。女房がさすがに動揺していてね……。女房が落ち着いたので戻った」

「ご愁傷さまです」

須田がひどく悲しげな顔で言った。彼の感情表現は、安っぽいドラマのように類型的だ。

栗原係長が苦笑した。

「おい、よしてくれ。家族が死んだわけじゃない。猫だぞ。動揺していたのは俺じゃなくて、女房なんだ」

「はあ……。それでも、お悔やみを言わせていただきます」

栗原係長はうなずいてから言った。

「済まんな。それで、ネットのほうで何か進展はあったのか？」

安積がそれにこたえて、猪狩修造がＳＮＳにアップした写真のことを伝えた。

話を聞き終えると、栗原係長が言った。

「滝口管理官には報告したのか？」

「しました。猪狩修造の所在を確認して、話を聞くようにとのことです」

「所在はわかりそうなのか？」

その問いにこたえたのは、須田だった。

「ＳＮＳのプロフィールには住所は載っていませんが、管理者に問い合わせれば電話番号とかがわかると思います」

「令状がいるだろう。至急手配しよう」

逮捕状などの令状や許可状は、警部以上でないと請求できないことになっている。安積は警部補で、栗原係長は警部だ。ここは任せるしかない。

「お願いします」

「戸沢殺害について、猪狩が何かを知っている可能性があるということだな？」

さすがに、栗原係長の発言は慎重だ。

それに対して、相楽が言った。

「今、それについて話をしていたんですけどね。この写真は伊豆大島で撮影されたんです。そして、遺体が発見されたのは、竹芝桟橋と伊豆大島を結ぶフェリーの航路の近くです」

栗原係長が言った。

「なるほど……。ますます猪狩に話を聞きたくなってくるな」

「殺害場所は、大島からの帰りのフェリーの甲板ではないかと……」

「それは、猪狩かもう一人の男が、戸沢を殺害したということだな」

「ええ。それについて、安積係長はいっしょに写真に写っている人物が、戸沢を殺害したというのは不自然だろうと言っています」

「俺も安積係長と同じ印象だな。猪狩たちが殺害したと考えるのは、何か違和感がある」

安積は言った。

「検視官の意見もありますし……」

栗原係長が言う。

「プロの犯行らしいという話だな?」

「そうです」

「いずれにしろ、まだそういうことを考えるのは早い。猪狩を見つけることだ」

安積はこたえた。

「わかりました」

須田が、真剣な表情を作ってうなずいた。


朝八時に水野がやってきて、須田の席がなくなった。それを臨海署の警務課の係員に告げると、予備班席の島に、スチールデスクがすぐに一つ追加された。

須田と水野が並んで座る形になった。須田が水野に写真の件を説明した。安積は、言った。

「須田はSNSの管理者と連絡を取ってくれ。水野は乗船名簿を当たるんだ」

八時半頃、警電に安積あての着信があった。

「はい、安積」

「おはよう。葛飾署生活経済係の広田だよう」

「ああ、どうも。どうしました?」

「岸本検事に会ったんだってえ?」

「あ……」

安積は、しまったと思った。広田係長は気を悪くしたのかもしれない。「すいません。事前にお知らせすべきでした」

「戸沢の件で話をしたんだろう?」

「はい。余罪について、岸本検事がどう思っているのか、どうしても知りたかったもので……。申し訳ありません」

「別に謝ることないよお。俺はねえ、よく訪ねてくれたと思ってるんだあ」

「よく訪ねてくれた……」

「そうだよお。俺、あの件ではもやもやしていたからねえ……」

「もしかして、岸本検事から連絡が行きましたか?」

「ああ。今しがたね。だからすぐに、あんたに電話したんだよお」

「申し訳ありません」

「だからさあ、謝ることないんだってば。俺は岸本検事に戸沢のことを尋ねられてさあ、ようやく本音を伝えられたんだよお」

「岸本検事は、何と言っていました？」

「どうして送検のときに、それを話してくれなかったんだって言われたよお。そんなの、無理なのにねえ。それでも、俺は胸のつかえが下りたような気分なんだよお」

「そうですか」

「ただねえ、安積さん」

「はい」

「水くさいなと思ってねえ」

「水くさい……？」

「戸沢のこと、調べてくれ。一言、そう言ってくれればいいんだよお」

「いや、でも……」

安積は戸惑った。「葛飾署としては、戸沢の事案は終了しているのでしょう？」

「その戸沢が殺しの被害者になったんだろう？　俺としちゃ、知らんぷりはしていられないよお」

「そんなご迷惑をかけるわけには……」

「だからさあ、水くさいって言ってるんだよお。うちにもね、戸沢のことをもっと調べたかったって言っている捜査員はいるんだよお。俺たちにやれることがあったら、遠慮なく言ってくれ」

だいたい、他の所轄からの電話は苦情だ。だから、こういう電話をもらうと、不覚にも涙腺《るいせん》が緩むほどうれしくなる。それと同時に、どうしていいかわからなくなるのだ。

「そうですね……」

安積は考えた。猪狩の写真のことを、捜査本部の外に洩《も》らしていいものだろうか。うっかり捜査情報を洩らすとクビが飛ぶ。

だが、もともとその写真はＳＮＳに公開されていたものだ。広田係長に伝えても問題はないだろう。安積はそう判断して言った。

「戸沢の釣り仲間の、猪狩修造という人物について調べてほしいんですが……」

「イカリ・シュウゾウ……？」

安積はどんな字を書くか教え、戸沢が写っている写真について説明した。話を聞き終えた広田係長が言った。

「伊豆大島で撮った写真なんだねえ？」

「そのようです」

「遺体が発見される前日にアップされたと……」

「はい」

「当然、猪狩修造が怪しいと、みんな思うよねえ」

「今、こちらでは所在を確認しようと調べを進めています」

「わかったよ。俺たちも調べてみよう」

「助かります」

「何かわかったら連絡するよお。じゃあなあ」

　電話が切れた。

　安積は、栗原係長に言った。

「葛飾署の広田生活経済係長からです。戸沢について、さらに調べてくれるということです」

「猪狩のことを伝えたんだな？」

「はい、伝えました」

　栗原係長がうなずいた。そのとき、滝口管理官の声が響いた。

「捜査会議を始める」


　会議で、猪狩修造の写真のことが報告されると、捜査員たちの気持ちが前のめりになるのがわかった。それを、たしなめるように、滝口管理官が言った。

「写真がアップされたのが、遺体発見の前日ということもあり、猪狩が何らかの事情を知っているのではないかという期待が高まるのはわかるが、詳しいことはまだ何もわかっていない。まずは、猪狩を見つけることだ。現在、乗船名簿とSNSを調べているということだが、そっちはどうだ？」

　水野が挙手して発言した。

「遺体が発見される前日の、大島発竹芝桟橋着の大型フェリーとジェット船の乗船名簿を調べる予定です」

　滝口管理官が質問した。

「日に何便出てるんだ？」

「大型フェリーは一便、ジェット船は二便です」

「乗船名簿で住所がわかればいいがな……。ＳＮＳのほうは？」

　水野が着席し、代わりに須田が立ち上がった。

「ええと……。管理者に連絡して猪狩の連絡先等を聞き出す予定です」

「令状待ちか？」

「はい、そうです」

「猪狩修造を見つけることは急務だ。鑑取り班もその件に回ってくれ」

　栗原係長がこたえた。

「了解しました」

　八時四十五分頃に始まった捜査会議は、十五分ほどで終了した。捜査員たちがそれぞれの持ち場に散っていく。

　水野と須田も出かけていった。

　安積は他の係長たちとともに、予備班席に残っていた。ふと気になって、栗原係長に尋ねた。

「最近はペットも葬儀をするんですよね」

栗原係長は一瞬、驚いたように安積を見たが、すぐに視線を机上のパソコンに戻して言った。

「ああ。女房が手配するはずだ。火葬用の焼却炉を積んだ車で、自宅まで来てくれて、その場でお骨にしてくれるらしい」

安積はさらに声を落とした。

「立ち会わなくていいんですか？」

「おい……」

栗原係長が再び安積を見た。「須田にも言ったが、猫だぞ」

「奥さんと連絡を取ってみてください。お一人で見送るのは淋《さび》しいはずです」

栗原係長は、しばらく何事か考えている様子だった。やがて彼は、携帯電話を取り出して立ち上がった。そして、小さな声で「済まんな」と言った。

すると、相楽が言った。

「安積係長と自分がいればだいじょうぶです。行ってください」

栗原係長は、その言葉に無言でうなずくと、人のいない場所に電話をかけに行った。やがて、戻って来ると彼は言った。

「一時間ほどで戻る」

安積はこたえた。

「了解しました」

栗原係長が出入り口に向かった。

相楽と眼が合った。すると、相楽が言った。

「おっしゃるとおり、問題は猫じゃなくて、それを見送る奥さんですよね」

安積は言った。

「そうだな」


午前十一時過ぎに、水野から電話があった。

「ジェット船の乗船名簿の中に、猪狩を見つけました。住所を送ります」

安積は、それをメモした。

墨田《すみだ》区京島《きょうじま》二丁目……。

さらに、水野の声が続く。

「同じ船の名簿に戸沢の名前もありました。八月二十日・日曜日の十四時三十五分大島発のジェット船です」

「了解した」

電話を切ると、それを滝口管理官に知らせた。

滝口管理官がすぐに命じた。

「捜査員を急行させろ。猪狩の所在を確認するんだ」

安積は、鑑取り班の捜査員たちを、猪狩の自宅に向かわせた。

9

鑑取り班の捜査員二名が、猪狩修造の住居に向かったことを確認した安積は、水野に電話した。

「水野も猪狩のところに向かってくれ。捜査員二名が向かっているので、現地で合流するんだ」

「了解しました」

その電話を切ると、今度は葛飾署の広田係長にかけた。

「猪狩修造の住所がわかりました」

「さすが、捜査本部は早いねえ」

住所を伝えると、安積は言った。

「今、こちらの捜査員が三名向かっています」

「猪狩のこと、こっちでもちょっと洗ってみていいかねえ」

安積は考えた。

葛飾署が、捜査本部とは別の動きをすると、先々何か問題が起きるのではないか。それぞれの組織がばらばらに動いていたら、どこかで必ず衝突するだろう。

だが、以前から特殊詐欺絡みで、戸沢のことを調べていたのは葛飾署だ。彼らの意向を無視するわけにもいかない。

「わかりました」

安積は言った。「ただし、いらぬいざこざを避けるために、連絡を取り合いましょう」

「わかってるよお。安積さんたちの邪魔はしないよお」

「戸沢と猪狩がいっしょに写っている写真をお送りします」

「ああ、助かるねえ。今、そっちの捜査員が猪狩修造を訪ねているんだね？」

「向かっている途中です」

「だったら、俺《おれ》たちは猪狩には触らないようにしよう」

「そうですね……。警察が何度も訪ねてくるのは嫌なもんでしょうから」

「あれえ、安積さんはそんなことを心配するんだあ……。警察官はねえ、そういうの気にしないもんだけどねえ」

「人に嫌われるのがいやなのかもしれません」

広田係長は笑った。

「それじゃ、警察官はやっていけないねえ。じゃあ、また連絡するよお」

「お願いします」

電話が切れた。受話器を置くと、安積は須田に言った。

「SNSの戸沢たち三人が写っている写真を、葛飾署の広田係長宛《あて》に送ってくれ」

「あ、了解しました」

そこに、栗原係長が戻ってきた。

「いや、済まなかった。一時間と言いながら、こんな時間になってしまった」

安積は尋ねた。

「葬儀は無事に済みましたか？」

「ああ。お骨にするのに、思ったより時間がかかってな……。その後、どうだ？」

安積は、猪狩の住所がわかったこと、水野を含めた捜査員三人が向かっていることを告げた上で言った。

「葛飾署の広田係長にも猪狩の住所を教えました。葛飾署でも、猪狩のことを洗ってみるということでした」

「なぜだ？　どうして葛飾署が……？」

「特殊詐欺の件でしょう」

「戸沢の余罪についてだな？」

「はい」

すると、相楽が言った。

「葛飾署は、そんなに暇なんですかね？」

栗原係長が言う。

「暇な所轄なんてないだろう」

「だって、戸沢は起訴猶予で、事案は片づいたんでしょう？　そして、その戸沢は亡くなった。だから、もう葛飾署の手を離れているはずです」

「まあ、それはそうなんだが……」

安積が相楽に言った。

「広田係長は、戸沢が初犯ではなく、余罪があると睨《にら》んでいたんだ。だが、その思いを送検のときにちゃんと反映できなかった。その悔いがあるんだ」

「悔いが残ったって、仕事なんですから、そこは割り切るべきでしょう」

おそらく、相楽が言っていることが正論だ。だが、安積はこのまま相楽の言い分を認める気にはなれなかった。

「警察官は、悔いが残る仕事をしてはいけないと思う」

相楽が驚いたように安積を見た。まさか、反論されるとは思っていなかったのだろう。

安積は言葉を続けた。

「悔いが残るということは、信じていたことを全うできなかったということだ。つまり、正義を果たせなかったわけだ」

相楽がぽかんとした顔のまま言う。

「正義ですか……」

「警察官だけじゃない。建築家が悔いの残る仕事をしたら、その建物は倒壊する恐れがある。それは人命にかかわるかもしれないんだ」

相楽が言う。

「葛飾署の事案は、そんな大げさなことですか」

「大げさとか、そういうことではない」

安積はそう言ってから、眼《め》をそらした。

ついむきになってしまった自分が恥ずかしかった。

ふと須田を見ると、彼はなぜかうれしそうな顔をしていた。

「とにかく……」

栗原係長が言った。「こっちの邪魔さえしなければいい。あとは、葛飾署の判断に任せるさ」

安積はうなずいた。

「広田係長は、猪狩には直接接触しないと言っていました」

「わかった」

それから栗原係長は、須田に尋ねた。「ネットのほうはどうだ？　何か見つからないのか？」

須田がこたえた。

「すいません。その後は進展なしです。まるで、太平洋をボートで進んでいるような気分でして……」

栗原係長が顔をしかめる。

「それは、かなり絶望的だな」

須田は慌てた様子で言った。

「あ、いえ、闇《やみ》サイトの数や、その広がりが膨大だという喩《たと》えでして……。適切な条件を設定してやれば、どんどん絞り込んでいけます。ボートでも太平洋を渡れるっていうか……」

「そいつは頼もしい。続けてくれ」

「はい」

それから栗原係長は、捜査員席のほうに声をかけた。

「おい。ビデオ解析のほうはどうだ?」

捜査一課の係員がこたえた。

「いちおう終わっているんですが……」

村雨を含む四人のビデオ解析班が、捜査員席から予備班席にやってきた。

捜査一課係員が続けて言う。

「これ、何か意味があるんだろうかって、無力感に苛《さいな》まれましてね……」

栗原係長が言う。

「おい、高島《たかしま》。何言ってるんだ」

この係員は高島という名らしい。

彼がこたえた。

「車両が映っているといっても、ぼんやりとした映像ばかりです。なんとか、車種を判定しようとしたんですが、かなり不確定でして……。有り体に言えば、当てずっぽうです」

安積は尋ねた。

「昨夜は、もうじき車種の特定が終わると言ってなかったか?」

「そう予想していたんですがね。その予想が甘かったようです」

栗原係長が言った。

「それでも何もないよりましだ」

「まじじゃ捜査にならないでしょう。それに、アレです……」

「何だ?」

「被害者は、船で殺害されたかもしれないんでしょう? 車両の映像を調べるのは、無駄じゃないかと……」

「ばか言うな。無駄な捜査なんてないんだ。映像の中にどんな手がかりがあるかわからない」

「はあ……」

安積は栗原係長の言葉を補足した。

「殺害場所が船の上と決まったわけじゃない」

「いや、ですが……」

そのとき、須田が言った。

「誰《だれ》か、カーマニアはいないんですかね？」

栗原係長が聞き返した。

「カーマニア？」

「ええ。マニアってばかにできないんです。車のごく一部を見て、車種を言い当てたりするじゃないですか。普通の人にはまったくわからないのに、マニアにはわかるんです」

高島は首を傾《かし》げて、隣にいる同僚を見た。

「そんなやつ、いるかな……」

須田が安積を見て言った。

「蛇の道は蛇ですよ。車のことなら、交機隊じゃないですか？」

安積はすぐに須田の意図を察して言った。

「速水を呼べというのか？」

栗原係長が安積に尋ねた。

「速水？　誰だそれは」

「交機隊の小隊長です。臨海署には交機隊の分駐所がありまして……」

「とても頼りになる人です」

須田が言った。「安積係長とは同期で……」

安積は言った。

「須田。余計なことは言わなくていい」

栗原係長が言った。

「誰でもいい。頼りになるなら、協力を仰ごうじゃないか。連絡してくれ」

「了解しました」

安積は、警電の受話器を取って、交機隊の分駐所に電話した。

「強行犯第一係の安積だ。速水小隊長を頼む」

しばらくして、電話口に速水が出た。

「どうした、係長？」

「頼みがある」

「何でも言ってくれ」

「おまえのところに、カーマニアはいないか？」

「俺もかなりのマニアだと思うが……」

「防犯ビデオの解析をしている。夜間に走行する車両の映像を見ながら、車種を特定しようとしているんだが、手こずっている」

「わかった。任せろ」

どうしてこいつは、いつもこう自信満々なんだろう。安積は、そう思いながら尋ねた。

「隊員の中に、心当たりのやつはいるのか？」

「当然だ。交機隊だぞ」

速水はいつも、交機隊は万能だと言い張る。警察組織の中で一番優秀なのが交機隊だと言わんばかりだ。

自分の仕事に誇りと自信を持っているのは安積も同じだが、彼のように堂々と言ってのけることはできない。まあ、性格の問題だろうと安積は思っている。

そして、速水はそうすることで、隊員たちにプライドと責任感を持たせ、自分自身にプレッシャーを与えているのだ。

「交機隊なら、一目で車種がわかるというのか？」

「たいていの隊員は、目視した車種を識別できる。中には、驚くほどの目利きがいてな。ちょっと見ただけで、車種どころかマイナーチェンジの年代までわかるやつがいる。那珂《なか》公彦《きみひこ》っていう隊員だ。そいつを連れていこう」

「すぐに来られるか？」

「呼び戻すから、ちょっと待っていてくれ」

「任務の最中なのか」

「交機隊は基本、日勤だから当然だろう」

「呼び戻して大丈夫なのか？」

「捜査本部からのお達しじゃあ、しょうがねえだろう」

「助かる」

「交機隊の実力を見せてやるよ」

午前十一時四十分頃《ごろ》、水野から猪狩宅に到着したという電話連絡が入った。

安積は言った。

「では、戸沢について、話を聴いてみてくれ」

「了解しました」

「猪狩が戸沢を殺害した可能性も否定できない。慎重にやってくれ」

「そう伝えます」

捜査一課の捜査員に伝えるという意味だろう。こういう場合、捜査一課が中心になって聴取をするのだ。

電話を切ってしばらくすると、大会議室の出入り口に速水が姿を現した。日焼けした若い隊員を連れている。二人ともスカイブルーの制服姿だ。

いっしょにいるのが那珂だろう。緊張の面持ちだ。捜査本部など畑違いで経験がないだろうから当然だ。一方で、速水は余裕の表情だ。

こいつは、いつどこにいても堂々としている。実にうらやましい限りだと、安積は思った。

紹介が終わると、栗原係長が言った。

「ではさっそく、ビデオを見てもらおうか」

速水が言った。

「那珂の実力をテストしようというわけですね？」

栗原係長が驚いたように速水の顔を見た。

安積は栗原係長に言った。

「冗談なんです。気にしないでください」

高島がノートパソコンを持ってきて言った。

「ビデオは編集してあります。見てください」

再生する。那珂はモニターを一瞥《いちべつ》すると即座に国産車の名前と年代を言った。

栗原係長が言った。

「間違いないか？」

那珂が気をつけをしてこたえる。

「間違いありません。ルーフトップに特徴がありますから」

村雨とペアを組んでいるビデオ解析班の捜査員が慌ててメモを取る。彼はたしか、有馬《ありま》という名だ。

栗原係長が目を丸くして言った。

「驚いたなあ……。こんな不鮮明な映像でもわかるんだ」

「はい。わかります」

高島がパソコンを操作する。

「次はどうですか？」

二つ目の映像についても、那珂は即答だった。

高島が栗原係長に言った。

「この分だと、あっという間に終わりそうです」

「しかも、正確だ。そうだろう？」

速水がこたえた。

「こいつが目視した車種を間違えたことは、一度もありません」

栗原係長は満足そうだった。

那珂もたいしたものだが、交機隊のことを思いついた須田の手柄でもあると、安積は思った。

そのとき、滝口管理官の声が聞こえた。

「おい、何事だ？ なんで交機隊がいるんだ？」

栗原係長が、滝口管理官のもとへ行き、説明した。

滝口管理官の声が聞こえてきた。

「そいつはありがたい話だ。昼飯くらいごちそうしないとな」

それを聞いた速水が、安積に言った。

「……ということだ。そろそろ昼時だから、飯を食いに行こうか」

「俺はここを抜けられない」

「これだけ人がいるんだから、抜けてもどうってことないじゃないか」

「捜査本部ってのは、そういうものじゃない」

そこに栗原係長が戻ってきて、安積に言った。

「速水小隊長と何を話していた？」

「飯を奢《おご》れと言われていました」

「管理官の言葉が聞こえたんだな」

速水が言った。

「安積係長は、ここを抜けられないと言っています」

すると、栗原係長が言った。

「交代で昼飯を食おう。安積係長と須田は、速水小隊長といっしょに食事に行ってくれ」

すでに、那珂はビデオ解析班とともに作業を開始している。

安積は言った。

「では、我々三人は、先に食事を取らせてもらいます」


食堂は混み合っているが、安積たち三人は、なんとかテーブルを確保できた。

安積は言った。

「さっさと済ませて、他の者と交代する」

速水がこたえる。

「ついでに訊《き》きたいことがあったんだ」

「何だ？」

「その前に、食券を買ってこよう」

その役目は須田が買って出た。安積と速水の注文を聞いて、よたよたと駆けていった。

安積も速水もA定食だ。何種類かのフライにご飯と味噌汁《みそしる》がついている。

速水はそれで満足げだ。別に高いものを奢ってもらいたかったわけではないのだ。

安積は尋ねた。

「何が訊きたい？」

「東報新聞の山口友紀子のことだ。セクハラにあっているという話を聞いた」

速水の情報収集能力には、いつも驚かされる。

「おまえ、刑事になったほうがいいんじゃないか？　どこでその話を聞いたんだ」

「刑事だって？　冗談じゃない。交機隊の俺様が何が悲しくて刑事なんかにならなきゃいけないんだ」

「署内パトロールの結果か」

速水は、パトカーや白バイでのパトロールでは飽き足らず、署内を歩き回る。

「社会部OBなんだって？」

「高岡伝一という人物だ」

「会ったのか？」

「署の玄関で立ち話をした」

「何とかしてやりたい。おまえもそう思っているんだろう？」

「水野が相談に乗っているようだが、水野は捜査本部で忙しい。もちろん、俺も手一杯だ」

「どんなやつなんだ？　その高岡ってのは」

「部下にセクハラをするようなやつだから、下品でどうしようもないやつだろうと思っていたんだが……」

「違うのか？」

「想像していたのとは、ちょっと違った」

「どういうふうに……？」

安積はしばらく考えた。

「うまく言えないが、古いタイプの記者だという感じがした」

「古いタイプか……。そういうの、おまえは嫌いじゃないよな」

「どうかな……。本当にセクハラをしているとしたら問題だ」

そこに、食券を手にした須田が戻ってきた。

「ここにいてください。定食を取ってきますから……」

「いや、自分の飯くらい自分で取りにいく」

安積は食券を受け取り、立ち上がった。

「須田。席を取っていてくれ」

そう言うと、速水も立ち上がった。そして、彼は言った。

「その高岡というやつに興味が湧《わ》いてきたな。それとなく、探ってみるか……」

安積は何も言わなかった。

10

例によって、警察官の食事は早い。三人は、瞬く間に定食を平らげた。安積と須田が捜査本部に戻ろうとすると、速水がついてきた。

安積は言った。

「交機隊の分駐所に戻るんじゃないのか？」

「那珂の仕事ぶりを見たい」

「小隊長がいないと部下たちが困るだろう」

「そんなヤワな教育はしていない」

結局、三人そろって捜査本部に戻った。入れ替わりで、相楽が食事に出かけた。

須田が、村雨たちビデオ解析班のほうを見て言った。

「那珂のおかげで、車両の特定がずいぶんはかどっているようですね」

速水が言った。

「車種がわかったからといって、それで持ち主がわかるわけじゃない。そこから何かをたどるのは至難の業だぞ」

それに対して安積は言った。

「それでも手がかりは手がかりだ。別の映像データなどに照合することで、何かがわかるかもしれない」

速水は肩をすくめた。

「おまえは楽観的でいいよな」

そこに、水野たち三人組が戻ってきた。

滝口管理官が彼らを呼んだ。安積と栗原係長も、滝口管理官のそばに行った。

「猪狩はどうだ？」

滝口管理官の問いにこたえたのは、捜査一課のベテラン係員だ。

「まず、戸沢が亡くなったことに、ひどく驚いたと言っていましたね」

「亡くなったことは知っていたんだな？」

「ニュースで見て仰天したと言っていました。その言葉に嘘偽《うそいつわ》りはなさそうでした。伊豆大島に三人で釣りに行ったことも確認が取れました。三人はいっしょに、大島発十四時三十五分のジェット船に乗り、東京の竹芝桟橋に着いたのが十六時二十分。その後、猪狩は、戸沢と別れ、和久田紀道《わくたのりみち》と二人で帰宅したそうです」

「和久田というのが、三人目の男か？」

「はい。和久田紀道、七十四歳。住所は、墨田区京島一丁目……。つまり、猪狩の近所に住んでいます。それで、二人で帰ったわけです」

「その和久田には話は聞いたのか？」

「はい。会ってみました。和久田も、同じジェット船で三人そろって竹芝桟橋まで戻ったと供述しています」

「つまり、東京に着いたときには、戸沢はまだ生きていたということだな？」

「二人はそう証言しています」

「裏を取ろう。竹芝桟橋の防犯ビデオの映像を入手するんだ」

すると、栗原係長が言った。

「その解析は、ＳＳＢＣに頼めませんか？　うちでビデオ解析をするのは限界です」

滝口管理官は、安積を見て言った。

「そうなのか？」

たしかに、村雨たち四人のビデオ解析班は、車種の解析で精根尽き果てているだろう。

安積はこたえた。

「栗原係長が言われるとおりだと思います」

滝口管理官がうなずいた。

「わかった。頼んでみよう」

捜査一課のベテランが続けて言った。

「猪狩も和久田も、我々が訪ねたことで、ひどくうろたえていたように見えました」

滝口管理官が言う。

「そりゃうろたえるだろうな。親しかった釣り仲間が殺害されて、そのことで警察が訪ねていったんだ」

ベテラン係員がさらに言う。

「なんだか怯《おび》えているようでもありました」

「怯えている？」

滝口管理官は眉《まゆ》をひそめた。「何に怯えているというんだ？」

「わかりません。まあ、友達が殺されたという事実が恐ろしいだけなのかもしれません。でも、たしかに彼らの眼には怯えの色がありました」

滝口管理官は、もう一人の捜査員を見た。こちらも捜査一課だ。

「君はどう感じた？」

「はい。自分も、同様に思いました」

滝口管理官が腕組をして考え込んだ。

所轄の捜査員には尋ねないのかと、安積は思った。まさか、水野が女性だからではないだろうな……。

安積は言った。

「水野はどう思った？」

滝口管理官が安積を見てから、水野に視線を移した。

水野が言った。

「たしかに、二人は何かに怯えている様子でした」

滝口管理官が言った。

「それはいったい、何を意味しているんだ?」

ベテラン係員がこたえる。

「さあ。それはまだわかりません」

「何かを知っていて、隠しているというようなことは?」

「どうでしょう。話を聞く限りは、別に隠し事はなさそうでしたが……。三人で大島に釣りに出かけ、いっしょに帰ってきたというだけのことですから……」

栗原係長が思案顔で言った。

「三人で東京に戻ったという話が本当なら、戸沢はいつどこで殺害されたんでしょう」

滝口管理官が栗原係長に尋ねる。

「被害者が亡くなったのはいつのことだ? 司法解剖の報告書は来たのか?」

「はい、届きました。それによると、死亡推定時刻は、八月二十一日、つまり遺体が発見された日の午前一時から三時の間だということです」

「ジェット便が竹芝桟橋に着いたのが午後四時二十分……。それから未明までの間に何があったか、だな……」

「船の上で殺害されたという可能性は、かなり低くなりましたね」

「そうだな」

滝口管理官はうなずいた。「フェリーならあり得ると思ったが、ジェット船だと犯行は無理かもしれない」

「たしかに、時間的な余裕がありませんし、フェリーのような広いデッキもありませんね」

「つまり、東京に着いてから殺害されたということだな」

「竹芝桟橋の防犯カメラに、大島帰りの戸沢の姿が映っていたら、そういうことになりますね」

「その確認作業を急がせよう」

滝口管理官の言葉を合図に、安積たちは予備班席に戻った。

水野が不思議そうに言った。

「どうして速水さんがいるんですか？」

安積は、ビデオ解析の件を説明した。さらに、速水が言った。

「それだけじゃない。東報新聞の山口のことが気になってな」

水野が速水に言った。

「あの高岡っていうやつ、何とかなりませんかね」

「山口から相談を受けているらしいな」

「セクハラとパワハラ。山口さんは、かなり参っているようです」

「具体的には、どういうことなんだ？」

水野が、山口から聞いた話を速水に伝えた。胸がでかいとか、女を強調しろとかいう話だ。

速水が言った。

「何かを具体的に強要されたことはないのか？」

「そういう話は聞いてませんが……」

「物理的に接触をされたことは？」

「それもないようです」

「じゃあ、警察としては手の出しようがないな」

「刑法に抵触していなくても、許せないことはあります」

「そうだな。精神的に追い詰められるかもしれない」

安積は、二人に言った。

「こんなところで、立ち話はやめたほうがいい」

彼らは、予備班席のすぐ近くで話をしていたのだ。須田や栗原係長が話を聞いていたに違いない。

速水が言った。

「俺の座るところがないんでな。立ち話をするしかない」

すると、須田が慌てて立ち上がろうとした。

「あ、ここにどうぞ」

安積は言った。

「おまえが立つことはない」

「でも、ここに速水さんが座れば、水野と話ができますよ」

速水が言った。

「須田。安積係長が言うとおり、おまえは立たなくていい。パソコンで何か調べているんだろう。水野との話は終わったから、もういい」

水野は小さくうなずいた。

捜査本部でする話ではないということに気づいたのだろう。

安積は水野に言った。

「山口記者の件は、速水が気にかけてくれるようだ。俺たちは捜査に集中しよう」

「わかりました」

速水が言った。

「それにしても、刑事っていうのは、まどろっこしいな」

安積は尋ねた。

「どういうことだ？」

「今ここで聞いたことしか知らないんだが、つまり、こういうことだろう？　午前一時から三時の間に殺された被害者が、前日の夕方に大島から東京に戻ってきていたらしいと……。遺体が海で発見されたもんだから、船の上で殺害されたんじゃないかという見方もあったらしいが、仲間といっしょに竹芝桟橋に帰ってきたというんだから、それはあり得ない。そんなわかり切ったことに、防犯カメラなんかでいちいち確認を取らなきゃならないんだな」

「そうだ。確認を取ることが、刑事の仕事だ」

するると、栗原係長が言った。

「おい、それ、外に洩《も》らすなよ」

速水がこたえた。

「心得てますよ。ご心配なく」

「まどろっこしく見えるかもしれないが、やることはやっている。防犯カメラの映像で車を調べているのは、陸上で犯行があったことを前提としているんだ。つまり、いろいろな可能性をちゃんと考えているってことだ」

「すいません。ケチをつけるつもりじゃなかったんです。刑事はたいへんだなと思っただけです」

「ああ」

栗原係長は肩をすくめる。「たいへんなんだよ」

安積は速水に小声で言った。

「おまえが素直に謝るなんて、珍しいじゃないか」

「心外だな。俺はいつだって素直だ。そう見えないのなら、それはおまえの見方が偏っているんだ」

そこに村雨がやってきて言った。

「ビデオに映っていた車の、車種をすべて特定しました。那珂のおかげです」

その那珂も予備班席のほうに近づいてくるところだった。

栗原係長が村雨に尋ねた。

「映っていた車は何台だ？」

「九台です」

「そのすべての車種が特定できたのか？」

「はい」

「交通系のカメラなどの映像を参照できるように手配してくれ」

その栗原の言葉に、速水がこたえた。

「それは、こっちで手配しましょう」

「交機隊が？」

「ええ。俺たち交通部ですから」

「それはありがたい。よろしく頼む」

「じゃあ、安積係長に連絡します」

「そうしてくれ」

「そういうわけで」

速水が安積に言った。「俺と那珂はこれで引きあげることにする」

安積は言った。

「ああ、助かった」

「おまえが素直にそう言うのも珍しいぞ」

「それこそ偏見だろう」


午後一時少し前に、相楽が戻ってきた。交代で、栗原係長が食事に行った。

安積は相楽に、猪狩と和久田に会いにいった捜査員たちと滝口管理官とのやり取りを伝えた。

話を聞き終えた相楽が言った。

「そんなの、確認を取るまでもないですよね。釣り仲間の証言を信じればいいんです。つまり、戸沢は船の上ではなく、東京に戻ってから殺害されたということですよね？」

「おそらくそういうことだと思うが、確証が必要だ」

「わかってますけど、まどろっこしいですね」

「同じことを、速水が言っていた」

「速水さんが？」

「刑事はまどろっこしい、と……」

「まあ、あの人たちは、違反車を見つけて追っかけるだけですからね」

「そういう言い方をすると、交通部を敵に回すことになるぞ」

「法的な根拠が必要だというのはわかりますがね、捜査はもっとさくさく進めたいですね」

同じようなことなのに、速水が言うのと相楽が言うのとでは、印象がずいぶん違う。それはなぜだろうと、安積は考えていた。

安積はさらに言った。

「司法解剖の報告書が届いていて、死亡推定時刻がわかった。八月二十一日の午前一時から三時の間だということだ」

「それって、重要なことですよね。真っ先にみんなに知らせなきゃだめでしょう」

「栗原係長は、今日の夜、捜査員たちが上がってきたときに知らせようと思っていたのだろう」

相楽はうなずいただけで何も言わなかった。それが一番効率がいいことに気づいたのだろう。

午後一時十分頃、葛飾署の広田係長から電話があった。

「安積です。どうしました?」

「ああ、戸沢の釣り仲間のことだけどねえ……」

「猪狩修造と和久田紀道ですね」

「うちの者が会いにいってもいいかねえ?」

安積は戸惑った。

「先ほどは、接触しないとおっしゃっていましたよね」

「あー、そのつもりだったんだけどねえ……。ちょっと、話が聞いてみたいんだ」

「何か気になることがあるんですか？」

「いやあ、まだ何とも言えないんだけどねえ」

安積は考えた。

殺人と死体遺棄については、猪狩も和久田も怪しいところはない。捜査本部がつかんでいる事実は、戸沢が彼らと伊豆大島に釣りに出かけていたということだけだ。

葛飾署の捜査員が会いにいったところで、何の問題もないように思える。だが、ここは慎重になろうと、安積は思った。

「折り返し、電話します」

「えー、そんな大げさな話じゃないだろう」

「すいません。いろいろ確認を取って、お電話します」

「わかった。待ってるよお」

安積が受話器を置くと、相楽が尋ねた。

「どうしたんです？」

安積は事情を説明した。すると、相楽は言った。

「いいじゃないですか。ただの釣り仲間でしょう？」

「そうだと思うが、俺の一存で返事はできない。管理官に訊いてくる」

安積は席を立ち管理官のもとに行った。広田係長の言葉を伝え、どうすべきかを尋ねると、滝口管理官は言った。

「そりゃあ別にかまわんと思うが、こっちの捜査の邪魔にはならんだろうな」

「それについては、ちゃんと連絡を取り合うようにします」

「じゃあ、君の判断に任せるよ」

「了解しました」

責任を押しつけられた恰好《かっこう》だが、それでもかまわないと、安積は思った。

席に戻ると、葛飾署の生活経済係に電話をかけた。

「はい、広田」

「安積です。猪狩と和久田の件ですが、接触していただいてけっこうです」

「了解。わざわざすまなかったねえ」

「その代わり……」

安積は言った。「どうして彼らに会いにいきたいのか、その理由を教えてください」

11

「いやあ、理由と言われると、困るねえ……」

広田係長が言った。「確かな理由があるわけじゃないんだなあ」

安積は言った。

「でも、何かひっかかっているんですよね？」

「こんなこと言うと、笑われるかもしれないんだけどねえ」

「何です？」

「戸沢が特殊詐欺の常習犯じゃないかって話、したよねえ」

「はい。部下の方が感じたことを信じたいというお話でしたね」

「そうそう。それでさあ、常習犯だとしたら、いっしょに捕まった二人以外にも、仲間がいたんじゃないかと思ってねえ」

「捜査本部でも、そういう話が出ました」

たしか、相楽がそんなことを言っていた。

「それでさあ、猪狩や和久田が何か知ってるんじゃないかと思ったわけだ」

「猪狩と和久田が共犯者じゃないかということですか？」

「だからさあ、それはわかんないんだよお。ただ、もしかしたらと思ったんだあ」

安積は、しばし考えてから言った。

「私がいっしょに行っていいですか？」

すると、広田係長は驚いた口調で言った。

「どうして、安積係長があ……？」

「こっちの捜査員が訪ねたとき、二人は何かに怯《おび》えている様子だったというんです。それが気になっていたんです」

「わかったよお。じゃあ、署で待ってる」

安積は受話器を置くと、相楽に言った。

「葛飾署に行ってくる」

まだ、栗原係長は食事から戻らない。

相楽は驚いた顔で言った。

「猪狩たちに会うんですか？」

「ああ。そのつもりだ」

「葛飾署が好きでやってることでしょう。付き合うことないじゃないですか」

「猪狩と和久田が、何か事情を知っているような気がするんだ」

「それは、殺人に関してですか？　それとも、特殊詐欺に関してですか？」

「わからない。戸沢についての何らかの事情だ」

相楽は少しばかり渋い顔になって言った。

「わかりました。栗原係長には伝えておきます」

「頼む」

「あ、いちおう管理官に断ったほうがいいと思いますよ」

安積はもっともだと思い、再び滝口管理官のもとに行き、言った。

「葛飾署の広田係長らとともに、再度、猪狩と和久田に会ってこようと思います」

「君が行く必要があるのか?」

「気になることがありまして……」

「二人が何かに怯えている様子だったということか?」

「はい」

滝口管理官は、しばらく考えてから言った。

「わかった。連絡を絶やさないように」

「はい」

いったん席に戻り、相楽に言った。

「じゃあ、行ってくる」

すると、水野が言った。

「私も同行します。現地の様子がわかっていますから……」

「わかった」

現地の様子なら、所轄の捜査員のほうが詳しいだろう。だが、水野を連れていけば役に立つかもしれない。ふと、そう思ったのだ。

鑑識の経験のある水野の観察眼は鋭い。俺《おれ》が気づかないようなものでも、彼女は見逃さないだろう……。


葛飾署に到着したのは、午後二時を少し回った頃《ころ》だった。広田係長をはじめとする生活経済係の係員たちが安積たちを待っていた。

「やあ、ごくろうさんだねえ」

広田係長が言った。「じゃあ、行こうかあ」

「ちょっと待ってください」

安積は言った。「全員で出かけるんですか?」

係員が六人もいる。広田係長を入れると七人だ。それに安積と水野を加えると、総勢九人になる。そんな大人数で訪ねていったら、猪狩はびっくりするだろう。近所の住人たちも何事かと思うはずだ。

「ああ、それもそうだなあ」

広田係長が、指名した。北原仲康《きたはらのぶやす》巡査部長と、白井《しらい》隆之《たかゆき》巡査長の二名だ。

そして、広田係長は言った。

「戸沢が常習犯じゃないかと言い出したのは、この北原なんだよお」

安積は「そうですか」と言った。

結局、広田係長、北原、白井、安積、水野の五人で出かけることになった。五人でも訪ねられる側にとっては大人数だろう。

だが、同行しないわけにはいかないと安積は思った。猪狩や和久田の反応を、自分自身の眼《め》で見ておきたかった。

葛飾署から、京成押上線で猪狩の自宅の最寄り駅、京成曳舟《ひきふね》に向かった。

京島一丁目のあたりは、狭い路地が交差する住宅街だ。猪狩の家は一戸建てで、古い木造家屋だ。庭に濡《ぬ》れ縁がある昔ながらの造りだった。

白井がインターホンのボタンを押す。家の中でチャイムが鳴るのがかすかに聞こえる。

だが、インターホンからの返事はない。

白井が再びボタンを押す。やはり、反応はない。

北原が言った。

「留守ですかね……」

広田係長がこたえた。

「もっとチャイムを鳴らして、ドアも叩《たた》いてみるといいよお。北原、裏口に回ってみな」

口調は間延びしているが、指示の内容はかなり強引だ。

安積は水野に言った。

「家の周囲の様子を見てきてくれ」

「はい」

水野は、小さな庭に足を踏み入れた。掃き出し窓から中の様子をうかがうようだ。厳密に言うと、庭に入った段階で、住居侵入罪になるかもしれないが、この程度のことは容認されるはずだ。

チャイムを鳴らしても、ドアを叩いても反応がない。

安積は、水野が戻るのを待って尋ねた。

「どんな様子だ？」

「気配がありません。留守のようですね」

それを聞いた広田係長が、白井に言った。

「もういいよお。どこかに出かけているんだねえ。北原を呼んできてくれ」

白井が裏口のほうに駆けていった。

安積は水野に尋ねた。

「猪狩に家族は？」

「いません。一人暮らしです」

「彼はいくつだ？」

「七十四歳です」

「それが、一軒家で一人暮らしか……」

安積は、少々意外な気がした。

すると、広田係長が言った。

「このあたりじゃあ、お年寄りの一人暮らしは珍しくはないよお。いや、今じゃ日本中で珍しくないのかもしれないなあ」

「そうなのかもしれませんが……」

「俺たちだってさあ、定年後はどうなるかわからないよお」

そう言われて安積は思った。

七十四歳になったとき、俺も一人暮らしをしているかもしれない。

離婚してからずっと、安積は一人で生活をしている。その暮らしが変化するとは思えない。

年を取ったら、子供や孫に囲まれている。そんな生活は、現代ではおそらく望むべくもないのだろう。

老人は自活しなければならないのだ。それでも、安積は漠然と、老夫婦がのんびりと暮らす姿や、老人ホームで生活するところを思い描いていた。老後の生活という言葉から浮かぶのはそうした光景だ。

だが、それはもはや幻想に過ぎないのだろう。現代は、多くの老人が孤独なのかもしれないと、安積は思った。

北原と白井が戻ってくると、広田係長が言った。

「じゃあ、和久田の家に行ってみようか」

猪狩の自宅から和久田の家までは、歩いて五分もかからなかった。

和久田の自宅も、猪狩宅同様に一戸建てだ。こちらは、外壁に近代的な建材を使っていて、猪狩の家よりも瀟洒《しょうしゃ》な感じがする。

先ほどと同じく、白井がインターホンのボタンを押し、チャイムが鳴った。そして、こちらも返事がなかった。

白井は、ボタンを押しつづけ、広田係長がドアを叩く。北原が裏口に回り、水野が中の様子がわかるところがないか探しにいった。

結果は、猪狩の家と同じだった。

広田係長が言った。

「やっぱり留守のようだねえ」

安積は水野に尋ねた。

「和久田の家族構成は？」

「彼も一人暮らしです」

「年齢は？」

「七十四歳」

「猪狩と同じなのか？」

「はい。戸沢も同じ年です。猪狩と和久田は、小学校や中学校が同じで、昔からの付き合いだったようです」

「彼らは、戸沢とはどこで知り合ったのだろう」

水野は首を傾《かし》げた。

「私は聞いていません」

広田係長が言った。

「そういうことを、訊《き》こうと思って訪ねてきたんだけどねえ……。二人とも留守じゃ、しようがない」

すると、北原が言った。

「自分ら、彼らが戻ってくるのを待ちます」

広田係長がうなずく。

「じゃあ、北原は猪狩宅に、白井は和久田宅に張り付いてくれ」

「了解しました」

安積たちはいったん、葛飾署に戻ることにした。

「無駄足を踏ませちまったかもしれないねえ」

署に戻ると、広田係長が安積に言った。

「捜査って、こんなもんでしょう」

そのとき、係員がやってきて広田係長に告げた。

「課長がお呼びです」

「課長があ？　何だろうねえ」

　そう言ってから、広田係長は安積を見た。「ちょっと失礼しますよ」

　広田係長は、上司である生活安全課長のもとに向かった。安積はその後ろ姿を見ていた。

　水野が言った。

「引きあげないんですか？」

「ちょっと、広田係長と話がしたい。戻るのを待とう」

「わかりました」

　それから十分ほどして広田係長が戻ってきた。何だかにやにやしている。ご機嫌なのかと思ったら、どうやら逆のようだ。苦笑らしい。

　安積は尋ねた。

「どうしました？」

「いやあ、安積係長は気にしなくていいですよ」

「戸沢のことで、課長に何か言われたんですね？」

「たまげたなあ。お見通しですねえ。終わった事案にいつまでも関《かか》わっているんじゃない。そう言われました」

「課長の立場では、そう言わなきゃならないのでしょう」

「たしかにね、戸沢は逮捕送検されましたよお。でもねえ、殺害されちゃったじゃないですかあ。これ、ほったらかしにできないんですよねえ」

「そのお気持ちはわかります」

「戸沢が特殊詐欺をやったことが、殺人に関係あるかもしれない。そして、それについて猪狩と和久田が何かを知っているかもしれない。こりゃあ、調べないわけにいかないでしょう」

「はい」

「まあ、たしかに戸沢は捕まって、事案は片づいたんですけどねえ、その件が別の事件に飛び火したってことでしょう。なら、捜査すべきだと、俺は思うんですよねえ」

「俺もそう思いますが……」

「言いたいことはわかりますよお。あくまでも、殺人は、警視庁本部主導の捜査本部の仕事です。でもねえ、北原は戸沢が常習犯なのではないかと疑った。だから、私らにとっちゃ、この事案はまだ終わっていないんですよお」

安積は言った。

「今まで以上に、連携を取る必要があると思います」

「連携……？　葛飾署と捜査本部が？」

「そうです。俺がしばらくこちらに詰めてもいい」

すると、水野が驚いたように言った。

「そんなこと、勝手に言っちゃっていいんですか？」

「勝手に言うわけじゃない。これから電話をして相談する」

安積が携帯電話を取り出すと、広田係長が言った。

「安積さんがうちの署に詰めるってえ？　殺人のほうはどうなるんだあ？」

「特殊詐欺が殺人と結びつくかもしれません」

「だったらさあ、上のほうで話を通してもらうと助かるんだよねえ」

「捜査本部の要請で、葛飾署が捜査するというような体裁を整えたいということですね？」

「それなら、課長も何も言わないはずだ」

「わかりました」

安積は、捜査本部に電話をした。連絡係が出たので尋ねた。

「栗原係長はいるか？」

「おられます。お待ちください。代わります」

しばらくして、栗原係長の声が聞こえてきた。

「安積係長か。どうした？」

安積は、猪狩と和久田について調べたいので、葛飾署にしばらく残りたいと言った。

「その二人については、すでに捜査員が話を聞きにいったじゃないか」

「彼らは戸沢についての事情を知っているはずです」

「ああ、その話は、相楽から聞いた。だが、どんな事情を知っているというんだ」

「彼らは、もしかしたら戸沢の共犯者かもしれないという見方がありまして……」

「共犯者？　特殊詐欺のか？」

「はい」

栗原係長は、「うーん」とうなった。

「安積係長に抜けられると、戦力ダウンなんだがなあ……」

「抜けるわけではありません。あくまでも殺人の捜査の一環です」

「その言葉を信じよう」

「葛飾署の生安課長に、話を通してもらえないでしょうか」

「話を通す？　安積係長がそっちで捜査をすることについて、仁義を通せということだな？」

「それと、広田係長たち生活経済係の協力が得られるように……」

「俺には荷が重い。管理官から電話してもらうように頼んでみる」

「すいません」

「夜には捜査本部に戻ってくれ」

「わかりました」

日勤の広田係長たちに合わせて捜査をするので、もともと夜は捜査会議に出るつもりだった。

電話を切ると、広田係長が言った。

「張り込んでいる北原と白井からは、まだ連絡がないねえ」

安積は嫌な予感がした。

「ちょっと買い物に出たという感じじゃないですね」

「まさか、逃げだしたわけじゃないだろうねえ」

「そのまさかかもしれません」

広田係長が考え込んだ。そのとき、再び課長が呼んでいるという伝令がやってきた。

広田係長が、溜《た》め息をついて立ち上がると、伝令係が言った。

「安積係長も、ごいっしょにということです」

「俺もか」

安積は思わず聞き返した。

課長が俺の名前を出したということは、滝口管理官から電話があったのだろう。安積はそう思った。

広田係長と二人で、課長室に向かった。

生安課長の名前はたしか、浅虫浩志《あさむしひろし》。珍しい名字なので、記憶に残っていた。たしか、そんな名前の温泉があったはずだ。課長は五十歳前後でやせ型だ。

「君が安積係長か？」

「はい」

「捜査本部が、うちの協力を求めているんだって？」

「はい。殺人の被害者を、こちらで逮捕したことがありました」

「そんなことはわかっている。戸沢だろう。うちとしてはもう終わった事案なんだがね……」

「こちらからすれば、戸沢は殺人の被害者です。戸沢について詳しくご存じの、葛飾署生安課に、何としてもご協力いただきたいのです」

浅虫課長は、広田係長を見た。

「捜査本部ではこう言っているが、うちとしてはそんなに人数を割きたくない」

「今、北原と白井に当たらせています。その二人を専任にしたいと思います」

浅虫課長は、無言の間を取った。もったいぶっているなと、安積は思った。

やがて、浅虫課長が言った。

「まあ、二人ならいいだろう。安積係長、それでいいね?」

「はい。ありがとうございます」

浅虫課長は、うなずいて、手元の書類に目を落とした。話は終わりだということだ。

安積と広田係長は、礼をして退出した。

生活経済係の島に戻ってくると、広田係長が、席にいた係員に尋ねた。

「北原たちから連絡はないか?」

「まだ、ありません」

広田係長は、安積に視線を向けた。

「こりゃあ、本当に逃げだしたかもしれないねえ」

「ええ。こういうときは、悪い予想が当たるものです」

12

その日の夕刻になっても、猪狩と和久田は帰宅しなかった。

広田係長は、北原と白井に署に戻るように指示した。午後六時前に、二人が戻ってきて、それを機に安積たちは捜査本部に引きあげることにした。

広田係長が安積に言った。

「猪狩と和久田の所在を探しておくよお」

「お願いします。では、また明朝に参ります」

「ああ、待ってるよお。何かわかったら、連絡するから……」

安積と水野は、葛飾署を出た。

京成押上線の四ツ木駅から電車に乗ると、それが押上で都営浅草線に乗り入れ、新橋までやってきた。ゆりかもめに乗り換えて東京国際クルーズターミナル駅に着いたのが、午後七時ちょうどだった。

外を歩くとき、刑事はあまり口をきかない。うっかり、捜査情報をしゃべってしまうのを恐れるからだ。だから、電車の中でも道を歩いていても、安積と水野はほとんど会話らしい会話をしなかった。

いや、そう思っているのは俺だけかもしれない。ふと、安積はそう考えた。

他の刑事たちは、平気で会話をしているのではないだろうか。例えば、須田は必ず、ペアの黒木相手に、話をしながら外から戻ってくる。署に帰ってきたとたんにしゃべりだすというのも考えにくいので、おそらく帰路はずっと話しつづけているのではないか。

自分が無愛想なだけなのだ。安積はそう思うと、水野に申し訳なく感じた。

臨海署の玄関まで来ると、声をかけられた。男性の声だ。

見ると、東報新聞の高岡だった。彼はくだけた調子で、近づいてきた。山口友紀子の姿はない。

「どちらにお出かけだったんですか？」

そのまま無視して通り過ぎることもできる。むしろ、そうすべきなのだろうが、安積は立ち止まっていた。なぜかは、自分でもわからなかった。

「そういう質問にこたえると、捜査情報を洩《も》らしたことになります。クビになってしまうんですよ」

「大げさだな。ただの世間話ですよ」

「山口記者といっしょじゃないんですね」

「ああ、今日は一人で来ました。別行動です」

まさか、度重なるセクハラ発言で、ついに山口が愛想を尽かしたわけじゃないだろうな……。安積は、そんなことを思ったが、口に出して尋ねるのははばかられた。

「遊軍だと言っていましたね？　臨海署の担当じゃないんですね？」

「そう。遊軍ですよ」

「じゃあ、あなたの質問にこたえる義理はないですね」

「義理の問題じゃないでしょう」

「じゃあ、何です？」

「知る権利の問題です。俺たちは、市民の代理ですよ」

安積は実をいうと、知る権利とか市民という言葉に弱い。警察官としては珍しく、自分はリベラルだと思っている。

もちろん、普段はそれを表に出すことはない。警察という、ちょっと特殊な組織の風土にちゃんと馴染《なじ》んでいる。ただ、心の奥底で拠《よ》り所にしているのは、かなり理想論的な民主主義なのだ。

「知る権利という言葉を、軽々しく使うべきではないと思います。国によっては、その言葉に、文字通り命を懸けなければならないジャーナリストたちがいるんです」

高岡は、少しばかり驚いた顔になって言った。

「へえ、警察の人に、知る権利について説教されるとは思わなかったな……」

茶化しているという口調ではなかった。それどころか、どこかしみじみとした表情だったのが、安積は気になった。

「説教ではありません。私もその言葉を大切だと思っているんです」

「なるほど、安積係長は噂《うわさ》どおりの方のようですね」

「どんな噂です？」

「いやあ、一言では言えませんよ。あちらこちらで聞きますからねえ」

「とにかく、お話しすることは何もありません。失礼します」

「山口には、いろんなことをお話しなさるようですね」

「彼女は長いこと、臨海署担当をしてくれていますので、信頼関係があります」

「俺とも、その信頼関係とやらを築いてもらえませんかね」

「時間がかかります」

「俺にはそんなに時間がないんです。定年退職してから、契約社員として働いているんです。せいぜいあと五年ほどしか働けません」

「そう言われても困ります。ああそうですかと言って、今日から信頼できるというものではありません」

「そりゃまあ、そうですが……。知る権利ってのは、みんなに平等なものなんじゃないですか」

「権利は平等であるべきです。しかし、信頼は平等とはいきません。私は警察官ですから、信頼できるかどうかは大きな問題なのです」

「まあ、信頼の話はおいといて、事件のことを話してもらえませんか？　殺害されたのは老人なんですね？　被疑者の当たりはついているんですか？」

「そんな質問にこたえられないことは、よくご存じでしょう」

　安積は歩き出そうとした。

「葛飾署にいらしたようですね。なぜです」

　安積は足を止めて、高岡の顔を見た。そして、すぐにそれが失敗だったことに気づいた。無視して歩き去ればよかったのだ。

　その場に留《とど》まったことで、葛飾署に行ったことを認める結果になってしまったのだ。高岡は油断ならないやつだと思った。安積は尋ねた。

「どうして私たちが葛飾署に行ったことを知っているんですか？」

「葛飾署にだって、東報新聞の記者はいるんですよ」

「なるほど……」

「臨海署管内で見つかった遺体が、葛飾署で扱っている事案と何か関係があるということですか？」

「ノーコメントです」

　高岡は、さっと肩をすくめた。

「わかりました。いや、それにしてもうらやましいですね」

「うらやましい？　何がです？」

　高岡は、隣にいる水野を見た。

「美人の部下に、美人の新聞記者。安積さんの周りは、美人だらけだ」

安積はあきれた。こういう発言がセクハラになると、どうしてわからないのだろう。

水野が明らかに不機嫌そうな顔になった。

安積は、高岡に背を向けて歩き出した。署内に入ると、水野が言った。

「あいつ、本当に頭に来ますね」

「俺の周りが美人だらけだという話か？　おまえや山口に関しては、あながち間違いとは言えないが……」

「あら、不思議……」

「何がだ？」

「同じことを言われても、安積係長なら腹が立ちません」

「たぶん、ハラスメントというのは、そういうもんなんだ」

「そういうもの？」

「つまり、相手によってハラスメントだったり、そうでなかったりするわけだ」

「係長。それは違います。今は、ハラスメントの基準がはっきりしているんですから……」

「そうかな。例えば、上司に叱《しか》られたとする。俺が若い頃は、上司や先輩に怒鳴られるのが当たり前だった。慕っている上司に叱られると、ありがたいと思うが、嫌いな上司から叱られるとパワハラだと思ってしまうだろう。だから、ハラスメントというのは、かなり心理的な問題だし、心理的な問題というのは、個人的な問題なんだと思う」

水野は、しばらく考え込んでいた。そして、言った。

「やっぱり、それ、違うと思いますよ」

議論の結論が出る前に、捜査本部に着いた。

予備班席にやってくると、すぐに栗原係長が言った。

「おう、安積係長。葛飾署のほうはどうだ？」

「猪狩と和久田の動きが怪しいですね」

「怪しい……？」

「葛飾署の連中といっしょに自宅を訪ねたんですが、二人とも家を空けていました」

「それだけじゃ怪しいとは言えないだろう」

「姿をくらました恐れもあると思います」

「なぜ、そう思う？」

「午前中に訪ねたとき、彼らは何かに怯えていた様子だと、捜査員たちが言っていたでしょう？」

「ああ。そこにいる水野もそう言ってたな」

「捜査員たちが訪ねたことで、危機感を抱いたのかもしれません。それで、逃げだした恐れがあります」

「危機感……？　どうして……」

「戸沢が殺害されたからです」

「二人が殺害に関する事情を知っているということか？」

安積はうなずいた。

「知っていると思います」

安積たちのやり取りをじっと聞いていた相楽が言った。

「猪狩と和久田って、戸沢の釣り仲間でしょう？　何を知ってるというんです？」

安積はこたえた。

「葛飾署の広田係長は、二人が特殊詐欺の共犯者かもしれないと考えている」

「それがどうしたっていうんです。戸沢といっしょに特殊詐欺をやったからといって、殺害について何か知っているということにはならないでしょう」

すると、栗原係長が言った。

「二人が戸沢を殺害したのなら、当然事情を知っているだろう。そして、捜査員が訪ねていったら危機感を覚えるな」

相楽が目を瞬《しばた》いた。

「そんなこと、言っちゃっていいんですか？」

「別に記者に発表するわけじゃないんだ。筋を読むことだって大切だろう」

「猪狩や和久田が戸沢を殺害したなんて証拠は何もありませんよね。彼らの犯行だとしたら、動機は何です？」

栗原係長は思案顔になった。

「それはまだ、何とも言えないが……。特殊詐欺が関係していることは、まず間違いないだろうな」

「待ってくださいよ。いいですか？　猪狩と和久田についてわかっている事実は、戸沢といっしょに大島に釣りに行ったということだけなんですよ」

それに対して、安積は言った。

「大島から戻ったのが、殺人が起きる前日なんだ。何らかの関連を疑うべきだと思う」

「物証も証言もなしに、疑うわけにはいきませんよ」

相楽は慎重だ。彼は警視庁本部の捜査一課にいたことがある。その経験が慎重な発言につながっているのだろうか。

あるいは、安積の読みに反対したいだけなのかもしれない。相楽は常に、安積にライバル心を燃やしているのだ。

安積は言った。

「君の言うとおりだ。予断は禁物だからな。だが、俺はしばらく猪狩と和久田の筋を追いたい。俺が暴走していると感じたらブレーキをかけるように言ってくれ」

相楽はうなずいた。

「わかりました」

栗原係長が言った。

「明日も葛飾署なんだな?」

安積はこたえた。

「はい。水野といっしょに行ってきます」

「殺人につながるといいがな……」

栗原係長のその言葉は、独り言のようだったので、安積は何も言わなかった。


午後八時から捜査会議だ。滝口管理官が、竹芝桟橋の防犯ビデオ解析の結果を発表した。

「さすがSSBCだ。もう結果が出た。間違いなく戸沢の姿が確認されたそうだ。猪狩、和久田といっしょに歩いているところが映っていた」

つまり、戸沢は大島の帰路、船上で殺害されたわけではないことが確認されたわけだ。東京に戻ってから未明の間に殺害されたのだ。

滝口管理官が言った。

「現場近くを通行していた車両の情報が重要になってきたな。ビデオ解析の結果はどうだ?」

高島がこたえた。

「九台の車両の車種を特定しました。交通系カメラの資料が届きましたので、照合して手がかりを探しています」

速水が手配した資料だろう。

滝口管理官が言う。

「進めてくれ。安積係長は、葛飾署に行ってきたんだったな。報告してくれ」

高島が着席し、安積は起立した。

そして、猪狩と和久田が姿を消したことを説明した。

滝口管理官が言った。

「何か用事があって出かけているだけなんじゃないのか？」

「午前中に捜査員が訪ねました。その後に姿を消したことが気になります。さらに……」

「猪狩と和久田が怯えた様子だったというのが気になるんだったな」

「はい。おっしゃるとおりです」

「俺も気にはなっていたよ。どういうことなんだろうな……」

「葛飾署生活経済係では、猪狩と和久田が戸沢の共犯者ではないかという見方があるようです」

「共犯者？　特殊詐欺のだな？」

「そうです」

滝口管理官はしばらく考えてから、栗原係長に尋ねた。

「どう思う？」

栗原係長が立ち上がって言った。

「猪狩と和久田に関しては、調べてみるべきだと思います」

会議ではさすがに、二人が戸沢を殺害した、などとは言えない。栗原係長の言葉はとても常識的なものだった。

滝口管理官はうなずいた。

「わかった。じゃあ、安積係長は引き続き、そっちを調べてくれ」

「了解しました」

安積はそうこたえて、着席した。

安積はそのまま臨海署に泊まり、翌朝、葛飾署に出かけた。水野とは、葛飾署で待ち合わせをした。

安積が生活経済係にやってくると、すでにそこには水野の姿があった。

「やあ、朝からごくろうさんだねえ」

広田係長が言った。

「朝礼は終わってますね？」

「ああ。いつでも出かけられるよお」

安積は驚いて言った。

「広田係長も、同行していただけるんですか？」

「もちろん行くよお」

「他の捜査はだいじょうぶなんですか？」

「ああ。だいじょうぶだ。係長なんて、いてもいなくても同じだよお」

安積は苦笑した。

すると、広田係長が言った。

「あ、安積係長はそうじゃないかもしれないけどねえ」

「いや、俺もそうですよ。捜査は部下に頼り切りです」

「俺みたいに、頼りない係長だと、部下がしっかりしてくれるんだよお」

この言葉は額面通り受け取るわけにはいかないと、安積は思った。広田係長は優秀な刑事であり優秀な上司のはずだ。それが、係の雰囲気でわかる。

「それで……」

安積は尋ねた。「猪狩と和久田の行方《ゆくえ》はまだわからないんですね？」

「ああ。昨夜は家に戻らなかったようだねえ」

「張り込んだんですか？」

「そうしたいところだったけどねえ。なにせ、人員が限られているから、地域課に応援を頼んだよ」

「パトロールのついでに、所在確認してもらったということですか」

「そうだよお」

「じゃあ、とにかく、家を訪ねてみましょう」

「ああ、そうだねえ。じゃあ、二手に分かれよう。俺が安積係長といっしょに行くよ」

安積・広田・水野組と、北原・白井組に分かれるということだ。

「出かける前に……」

北原が言った。「猪狩、和久田の二人について、地域課から得た情報をお伝えします」

広田係長が言った。

「ああ、そうだねえ。頼むよ」

北原の説明が始まった。

「猪狩は早くに妻と死別したそうです。子供はいません。一方、和久田は五十歳のときに離婚しました。息子がいるらしいですが、しばらく会っていないということです」

安積は言った。

「それで二人とも一人暮らしなんですね」

北原が続ける。

「二人とも、自宅は親から受け継いだものらしいです。何代前からそこに住んでいるのかは、地域課では把握していませんでした」

「住むところはあっても、恵まれているとは言い切れない境遇に聞こえますね」

すると、広田係長が言った。

「だからさあ、そういう老人は、今では珍しくないんだって。さあ、出かけようかあ」

安積は少しばかり、やるせない気分になっていた。

一行は葛飾署を出発した。

13

猪狩の自宅を訪ねてみたが、やはり留守のようだった。玄関にも裏口にも鍵《かぎ》がかかっている。

「まさか……」

水野が言った。「中で倒れたりしていませんよね……」

「孤独死かあ……」

広田係長が言う。「あり得ないことじゃないけど、そういう雰囲気じゃないねえ……」

安積は尋ねた。

「雰囲気ですか?」

「そうだよお。何か不穏なことがあれば、雰囲気でわかるよねえ」

たしかに長年捜査をやっていると、そういうものを感じるようになる。だが、それよりも物証のほうが大切なので、刑事はあまりそれを口に出すことはない。

広田は躊躇《ちゅうちょ》なくそういうことを言ってのける。しかし、それが厭味《いやみ》に感じない。珍しい人物だと、安積は思った。

「近所で聞き込みをしてみよう」

周囲の家で猪狩について尋ねたが、いずれも、昨日から姿を見かけていないということだった。

話を聞いた周囲の住人は、みんな高齢者だった。安積がそれを口に出すと、広田がこたえた。

「若い世代は勤めに出たり、学校に行ったりしているだろう？　だからさあ、この時間帯の住宅街は高齢者ばかりなのさあ」

「高齢者しか住んでいないのかと、一瞬妙な気持ちになりました」

「俺《おれ》たちの子供の頃《ころ》はさあ、三世代がいっしょに住んでいる家も多かったけどねえ。今、若い世代はそれを望まないんだなあ。そういう人たちは、新興住宅街にあるマンションとかの集合住宅に住んでいるんだ。だから、古い住宅街にはお年寄りだけが残ることになる」

安積は苦笑した。

「俺もマンションに一人暮らしなんです」

「へえ。そうなんだあ。自由でいいなあ」

そうなのだろう。

結局、三世代で生活をするのは息苦しいのだ。だから多くの人々が核家族を希望した。彼らも生活に必死なので、普段は老齢の両親のことなど忘れているに違いない。

結局、老人たちは取り残され、孤独になる。俺は孤独なのだろうか。安積は自問してみた。そうは思わなかった。

だがそれは、自分がまだ老人ではないからなのかもしれない。

水野が言った。

「猪狩の自宅の玄関を開けてみますか?」

安積はうなずいた。

「裁判所の許可状がいるな」

広田係長が言った。

「中で猪狩が倒れているかもしれないから、緊急事態だよお。うちの鑑識で、鍵開けの名人がいるから呼ぼうか?」

警察官が民家に立ち入るときは、慎重すぎるほど慎重になる必要がある。公判で、弁護士から違法性を突っこまれることがあってはならない。

広田係長が言ったとおり、緊急事態には家屋に踏み込むこともある。だがそれは、異臭がするとか、血液等が洩《も》れ出しているとか、窓から倒れている人が視認できるとか、そうした明らかな現象が確認できる場合に限られている。

この場合は微妙だと思ったが、広田係長はすでに署に電話をかけている。

それから、十分後に鑑識車が到着した。

「何?　開けていいの?」

車から降りてきた鑑識活動服姿の男が、広田係長に声をかけた。二人は同じくらいの年齢だ。

「ああ。やってくれ」

「旧式のシリンダーキーだな……」

玄関の鍵穴を見たその係員はポケットからピッキングの道具を取り出した。そして、一分もしないうちに解錠してしまった。

広田係長がその鑑識係員に言った。

「これ、緊急事態だからね」

「あいよー。じゃあね」

彼は鑑識車に乗って去っていった。

広田係長が言った。

「じゃあ、さっさと済ませよう」

彼は玄関のドアを開けて、奥に向かって声をかけた。

「猪狩さあん。いらっしゃいますかあ?」

そして、靴を脱いで上がり框《がまち》をまたいだ。そのまま「猪狩さあん」と繰り返しながら、どんどん奥に進む。

安積と水野もその後を追う。家にはそれぞれ独特の匂《にお》いがあるということを思い出した。臨場するのが民家の場合もあるが、殺人事件の現場などはたいていひどい臭《にお》いがしているので、家そのものの匂いなどを意識することはない。

短い廊下の突き当たりが居間だった。ソファがあり、テレビがある。テレビの下にサイドボードがあった。

「比較的片づいているねえ」

広田係長が言うとおりで、部屋の中は思ったよりも整頓されている。衣類を脱ぎ散らかした様子もなければ、台所に汚れた食器が積まれているようなこともない。

「でも、慌てて片づけたという感じですね」

水野が言った。

なるほどそのとおりかもしれないと、安積は思った。ソファの前に低いテーブルがあるが、そこに積まれている釣り雑誌などは、角がそろっていない。

居間の隣に寝室があり、シングルベッドがあった。そのベッドが乱れたままだった。寝室には箪笥《たんす》があり、ひきだしの一つから衣類がはみ出ていた。

「慌てて荷造りしたんじゃないでしょうか」

水野が言うと、広田係長がうなずいた。

「どうやらそのようだねえ。猪狩はやっぱり、逃げ出したらしいねえ」

その後二階を見て回った。一部屋は物置のようになっており、もう一部屋には釣り道具が並んでいた。

洗面所やトイレも調べたが、家の中に猪狩の姿はない。

家を出ると、広田係長は北原に電話をした。電話を切ると、彼は言った。

「和久田もいないようだねえ。きっと、猪狩と同じで逃げ出したんだ」

安積は尋ねた。

「やっぱり、自宅に入って調べたんですか？」

「いやあ。北原たちは外から様子をうかがっただけだよお。近所の人が、荷物を持って出かける和久田の姿を見かけたということだ」

水野が玄関のドアを見て言った。

「戸締まりはどうします？」

広田係長が言った。

「鍵開けはできても、施錠はできないねえ。地域課に頼んで、規制線で封印してもらおう」

玄関ドアに黄色いテープを張るということだ。

安積は言った。

「近所の人が、何事かと思いますね」

「しょうがない。なにせ、緊急事態だったからね」

猪狩の自宅前に北原と白井がやってきた。安積は広田係長に言った。

「なんとか二人を見つけなければなりません」

「うーん。被疑者じゃないんで、指名手配もできないねえ」

　水野が言った。

「須田君に頼んでみたらどうでしょう」

　安積は聞き返した。

「須田に……？」

「ええ。もともと、猪狩や和久田が戸沢の釣り仲間だったということはＳＮＳにアップされていた写真からわかったんですよね？　それって、須田君が見つけたんでしょう？」

　安積はうなずいた。

「そうだな。何かわかるかもしれない」

　携帯電話を取りだし、須田にかけた。

「はい、係長。何です？」

　安積は、猪狩と和久田がまだ見つからないことを告げた。

「昨日からずっと、姿が見えないんですね？」

「荷物を持って出かけたという目撃情報もある」

「わかりました。それで……？」

「ＳＮＳの写真から、さらに猪狩や和久田の交友関係がわからないかと思ってな」

「猪狩はアカウントを持っていますから、調べてみます」

「頼む」

安積が電話を切ると、北原が言った。

「じゃあ、自分らは聞き込みに回ります」

広田係長がそれにこたえる。

「ああ、頼むよお。他にも目撃情報があるかもしれないからねえ」

安積は言った。

「俺も水野といっしょに聞き込みをやります」

「俺を置いていくつもりかよお。俺も行くよ」

「署に戻って、連絡を待ってはどうですか?」

「係長はプレイングマネージャーだよ。さあ、行こうかあ」

猪狩か和久田の目撃情報がないか、徐々に範囲を広げながら近所の家を訪ねて回った。

こうして歩いてみると、アパートなどの集合住宅が多いのがわかる。三部屋とか四部屋とかの小さなアパートが目立つ。

広田係長が言った。

「こういうアパートはねえ、かつては一軒家だったたんだよお」

「家賃収入を期待して、アパートに作りかえるんですね」

「業者に売っちゃうケースも少なくないんだよお。相続税を払えなくてねえ」

「税金のせいで、親からもらい受けた家を維持できないなんて、ばかげた話ですね」

「そうやって、地域が崩壊していくんだよお。賃貸マンションやアパートばかりになると、昔ながらの町内会が機能しなくなる。長くその土地で暮らす人たちは、みんな顔見知りだし、そこで育つ子供たちのこともよく知っている。だけど、集合住宅の住人は流動的だろう？　何年か住んだら引っ越すって人が多い。だから、隣の部屋にどんな人が住んでいるかわからない、なんてことになる。そんなの、地域じゃないよねえ」

「なるほど……」

安積はそうこたえるしかなかった。自分も地域に貢献しているわけではない。マンションには自治会があるが、会合に出たこともない。

「それにさあ……。地域課が巡回連絡カードに記入してほしいと言ったときに、昔からの住人たちはすぐに応じてくれるけど、集合住宅の人はたいてい拒否するよねえ」

「そうかもしれませんね」

広田係長は淋《さび》しそうに言った。

「地域が集合住宅ばかりになるってのは、つまりはさあ、そういうことなんだよお」

こうして家々を訪ね歩いても、古い一戸建ての住人はすぐに出て来てくれるが、アパートやマンションの呼び鈴を押しても返事がないことが多い。

広田係長が言うことは、あながち大げさでも悲観論でもないようだ。現実をそのまま語っているだけなのだろう。

それがいいことなのか悪いことなのか、安積にはわからない。ただ、世の中がそうなったというだけのことなのだろう。

「ああ、猪狩さんですか？　午前中に出かけましたよ」

そう教えてくれたのは、やはり高齢の女性だった。

広田係長が尋ねる。

「猪狩さんは、どっちのほうにいらっしゃいました？」

「京成曳舟駅のほうですね。買い物かしらと思ったんですよ。でも、リュックを背負っていたので、また釣りかもしれませんね」

「リュックを……？」

「ええ。ちょっと大きめのリュックだったかしらね」

「釣り竿《ざお》は持っていましたかあ？」

「持っていませんでしたね。あら、じゃあ、釣りじゃないのかしら……」

「それ、何時頃のことでしたあ？」

「八時とか九時とか……」

「八時から九時の間ってことですかあ？」

「ええと……」

彼女はしばらく考えてから言った。「ああ、ちょうど天気予報が終わって外に出たときのことだから、八時半頃ね」

広田係長は、安積を見た。何か質問したいことはあるか、という意味だ。安積はかぶりを振った。

広田係長が丁寧に礼を言って、三人はその一軒家を離れた。

安積は広田係長に言った。

「八時半頃に駅に向かっていたということは、すでに電車でこの土地を離れているかもしれませんね」

「そうだねえ。でも、あまり悲観的になるのはいけないよお」

「そうですね。おっしゃるとおりです」

次の家を訪ねようとしていると、電話が振動した。須田からだった。

「どうした？」

「あ、係長。ちょっと気になる人物がいるんです」

「気になる人物？」

「ええ。釣り仲間の写真の中に、ある女性がいるんです。五十代前半だと思いますが、なかなかおしゃれな人です」

「猪狩といっしょに写っているということだな？」

「ええ。三枚の写真にその女性が写っています。その三枚の写真って、顔ぶれはそのつど入れ代わっているんですが、猪狩の隣にその女性がいるんです。まあ、たまたまかもしれませんが……」

「おまえが気になるというのなら、きっと何かあるに違いない」

「あまり期待しないでくださいよ、係長」

「その女性の名前と住所はわかるか?」

「名前はわかりますが……」

「教えてくれ」

「久賀《くが》好子《よしこ》です。久しいに、賀正の賀、好き嫌いの好きに、子供の子です」

「わかった。調べてみる」

安積は電話を切り、広田係長に言った。

「地域課で住所を調べてほしい人がいるんですが。猪狩と親交があると思われる女性なんです」

久賀好子の名前を伝えた。広田係長はすぐに葛飾署の地域課に電話をした。

「管内に住んでいるといいねえ」

地域課からの返事はすぐにあった。電話を受けた広田係長が言った。

「同じ京島一丁目に住んでるよ。ここから歩いて五分くらいのところだ」

「行ってみましょう」

歩きはじめると、すぐに水野が言った。

「この方向は、猪狩の家から見て、駅に向かうことになりますね」

広田係長が言った。

「そうだねえ。期待できるかもしれないねえ」

久賀好子はマンション暮らしだった。地域課によると、一人暮らしのようだ。オートロックのマンションなので、広田係長が玄関の外からインターホンのボタンを押す。

しばらくして返事があった。

「はい……」

「あ、警視庁葛飾警察署の広田と言います。ちょっとお話をうかがえないでしょうか」

久賀好子は、明らかに躊躇した様子だった。

「今、ちょっと取り込んでいるのですが……」

その返答を聞いたとたんに安積は、彼女が何か事情を知っていると確信した。そして、
広田係長がそれに気づかないはずはないと思った。

広田係長の言葉が続く。

「お手間はとらせません。ほんのちょっとでいいんですが……」

「今は困るんです」

「では、いつならいいんですか？」

広田係長は簡単には引き下がらない。

「しばらく忙しいです」

「困りましたねえ。任意の質問におこたえいただけないとなると、令状を持って出直すこ
とになります」

「令状……？」

「ええ。強制捜査になります」

広田係長は本気で言っているわけではないだろう。相手にプレッシャーをかけているのだ。

弁護士に言わせると、こうしたはったりも違法捜査ということになるらしい。だが、犯罪者を相手にするのに、行儀よく法律を守ってばかりもいられない。

駆け引きは刑事のテクニックであり知恵なのだ。それを違法だと言われたら、捜査などできなくなる。

久賀好子は諦《あきら》めたように言った。

「玄関を開けますから、どうぞ部屋までいらしてください」

ガラス戸がスライドして玄関が開いた。

部屋を訪ねていくと、ドアを開けて顔を出したのは、久賀好子ではなく男性だった。

安積と水野は、思わず顔を見合わせていた。広田係長がその男に言った。

「猪狩修造さんですねえ？　捜してたんですよお」

猪狩が言った。

「見つかっちまいましたね。さすがは警察だ」

「お話をうかがわせていただけませんかあ？」

「どうぞ、入ってください」

ソファがL字型に置かれており、猪狩と広田係長は九十度の角度で座っていた。安積は広田係長の隣だった。

水野と久賀好子はダイニングテーブルの椅子《いす》に腰かけている。

「今朝早くに、荷物を持って家を出たそうですねえ？」

広田係長が尋ねると、猪狩はこたえた。

「そんな早くもないですよ。家を出たのは八時半頃だったかなあ……」

近所の高齢女性の証言と矛盾はしていないと、安積は思った。

「どうして家を出て、こちらにいらしたんですか？」

「刑事さん。そりゃ野暮ってもんでしょう。男が女の部屋にやってきたんだ。そういうことですよ」

「そういうこと？　どういうことでしょうねえ」

「そういうことです」

「昨日、あそこにいる水野部長が訪ねていったとき、あなたは何かに怯《おび》えている様子だったということでしたが……」

「そりゃ、刑事さんが突然三人も訪ねてきて、戸沢が殺されたなんて言ったら、怖くもなりますよ」

広田係長はあからさまに、一つ溜《た》め息をついた。猪狩が驚いた様子で広田係長を見た。

広田係長が言った。

「刑事が話を聞きにいくと、必ず何割かの人が嘘《うそ》を言ったり隠し事をしたりするんですよお。その場をしのげれば、それでいいと思ってしまうんでしょうなあ」

猪狩はじっと広田係長の顔を見ている。

広田係長が言葉を続ける。

「でもねえ。刑事って、そんなことで済ませたりはしないんです。知りたいことが聞き出せるまで、何度でも質問を繰り返しますよ」

猪狩は嫌そうな顔になった。

さらに、広田係長は言う。

「そして、刑事に嘘を言ったり隠し事をしたりした人は、必ず後で後悔するんです。最初から協力しておけばよかったと、必ず思うんです」

猪狩は眼《め》を伏せた。

14

広田係長の言葉が途切れた隙《すき》を衝《つ》いて、安積は猪狩に尋ねた。

「先ほど、男が女の部屋にやってきた、とおっしゃいましたね？　それは、お二人がお付き合いをされているということですか？」

すると、猪狩より先に久賀好子が言った。

「冗談じゃないわよ。付き合ってなんかいないから」

猪狩は、小さく肩をすくめて言った。

「見解の相違ってやつですかね……」

広田係長が言った。

「あなたは、何かに怯えて家を出て、ここに潜伏しようとしたんじゃないですかあ？」

猪狩は広田係長の顔を見て反論する気配を見せたが、やがて、何も言わず再び下を向いてしまった。

「猪狩さん……」

広田係長が言う。「警察はねえ、犯罪者を検挙するだけじゃないんですよお。被害にあいそうな人を保護するのも仕事のうちなんです。でもねえ、状況を説明してくれないと、助けようがないんですよお」

猪狩が言った。

「人にはそれぞれ事情ってもんがあるんですよ」

「どんな事情ですかあ？　おそらく警察には言いたくないようなことなんでしょうが、それでも、話をしたほうがいいです。でなければ、あなた、被疑者にされちまうかもしれませんよお」

「何の被疑者ですか」

「戸沢さん殺しの被疑者ですよお」

猪狩は絶句し、目を見開いて広田係長の顔を見た。それから、安積を見た。今の広田係長の言葉が冗談だと言ってほしいのだろうと、安積は思った。

「ねえ？　猪狩さん」

広田係長が言った。「殺人の被疑者となれば、しばらくは娑婆《しゃば》とオサラバですよお。検事は自白が取れるまで、勾留《こうりゅう》し続けますからねえ」

実際には、最近、勾留請求の却下率が増えている。人質司法などという批判の声が高まったからかもしれない。

だが、もちろんそんなことを猪狩に教えてやる必要などない。

猪狩が言った。

「冗談じゃない。なんで俺が戸沢を殺した犯人にされるんですか」

「戸沢さんが亡くなる前日、あなたと和久田さんは、いっしょに大島に釣りに出かけていますよねえ」

「それがどうしたんです。いっしょに釣りに行ったというだけで、人殺しにされてしまうんですか。ひどい話だ」

「大島から戻ってからの、戸沢さんの足取りがわからないんですよ。いっしょだったことが確認できる最後の人物が、あなたがたお二人なわけです」

猪狩はますます目を見開き、言った。

「本気なんですか？　本気で警察は、俺たちを犯人だと思っているんですか？」

広田係長が、相変わらずのんびりとした口調で言う。

「警察はいつだって本気ですよお」

「とんでもない話だ。俺たちが戸沢を殺すはずがない」

「じゃあ、どうして逃げ出したんです？」

「逃げ出してなんかいませんよ」

「でも、目撃証言によるとリュックを背負っていたらしいですねえ。荷造りして自宅を出たんですよね？　そして、ここにやってきた……。それに、和久田さんも同時に姿を消したようじゃないですかあ。警察から逃げようとしたんでしょう？」

猪狩はかぶりを振った。

「違うんです」

「何が違うんです？　ちゃんと説明してくれないとわからないなあ」

猪狩は追い詰められている。広田係長は間違いなく取り調べの名手だ。

「いや……。逃げようとしたことは確かなんですが……」

「戸沢さんを殺害したからですかあ？」

猪狩がもどかしげに言う。

「そうじゃないんです」

「じゃあ、どうして警察から逃げようなんて考えたんです？」

「警察からじゃないんです」

「え？　何です？」

「ですから、逃げようとしたのは、警察からじゃないんです」

「じゃあ、誰《だれ》から逃げようとしたんですかあ？」

「戸沢を殺したやつらからです」

どういうことだろう……。

安積はそう思ったが、もちろんその疑問を口にも態度にも出さなかった。取り調べのときに、こちらの動揺を相手に悟られてはいけない。

広田係長も表情を変えない。

「誰なんです？　戸沢さんを殺したのは？」

「それは……」

「言えないんですか？」

「いや、その……」

「言えないのは、でたらめだからでしょう。戸沢さんを殺害したのは、あなたと和久田だ。昨日の午前中に警察があなたがたを訪ねていった。それで慌てて逃げ出したんでしょう？　戸沢さんを殺したやつらから逃げようとしたなんて、口から出まかせなんですよねえ」

「俺は本当のことを言ってるんです」

「じゃあ、誰から逃げようとしたのか、言ってください」

猪狩は、ダイニングテーブルのほうを見た。久賀好子の表情を確かめたかったのだろう。ダイニングテーブルは猪狩の後方にあるので、上体を少し捻《ひね》り、さらに首を捻る形になった。

安積も久賀好子の様子をうかがった。彼女は無表情だった。迷惑がっているようにも見えた。

猪狩は向き直ると、視線を落としてしばらく何事か考えていた。

先ほどまで休みなく攻めていた広田係長が無言で猪狩を見つめている。こういうときは、何も言わずに相手に考えさせたほうがいい。広田係長はそのことを充分にわかっているのだ。

やがて、猪狩が言った。

ばならないんです？」

広田係長は、確認するように繰り返してから質問した。「なぜ、その人から逃げなければならないんです？」

「戸沢を殺したからですよ。俺たちも殺されるかもしれないんです」

「わかりませんねえ。詐欺の被害者が戸沢さんを殺害したというのですか？」

「戸沢が詐欺をやっていたのは知っているはずです」

「ええ。もちろんそれは知ってますよお。捕まえたのは、我々ですからねえ」

「逮捕された後も続けていたんですよ」

「続けていた？　誰が何を？」

「詐欺ですよ」

「それがあなたと、何の関係があるんです？」

猪狩は渋い表情で言った。

「いっしょにやっていたんですよ」

「いっしょにやっていた……？　詐欺の共犯者ということですか？」

猪狩は溜め息とともに「そうです」と言った。

「ひょっとして、和久田さんも共犯者だったんですかねえ？」

「ええ。戸沢、和久田、そして俺でやってました」

「詐欺の被害者……」

「詐欺の被害者ですよ」

「つまり、こういうことですかあ？　あなたがたの詐欺の被害者が、仕返しのために戸沢さんを殺害した、と……」

「そうなんです。きっとそうに違いない……」

「そりゃ、金をだまし取られたら腹が立つでしょうが、人を殺すなんてちょっと考えられませんねえ」

「ヤバいやつらだったんです」

「ヤバいやつら……」

安積は思わず聞き返した。広田係長が安積を見た。尋問を邪魔してしまったと思い、安積は謝罪の意味で小さく会釈をした。だが、広田係長は安積をとがめたわけではないようだった。

広田係長が安積に言った。

「訊《き》きたいことがあったら、質問してくれよねえ」

安積は猪狩に言った。

「先ほどからあなたは、やつらと言ってますね？　相手は複数だということですか？」

「詐欺にかけた相手は一人ですよ」

「その相手が何かの集団に属しているということでしょうか？」

猪狩は、しばらく考えてからうなずいた。

安積はさらに質問した。

「それは何者ですか？」

「俺も詳しくはわからないんですが、どうやら半グレらしいです」

「半グレ……」

広田係長が言った。「そんなやつを相手に、詐欺を働いたというのですかあ？」

「そんなやつだとは知らなかったんですよ」

広田係長がさらに尋ねる。

「どんな手口だったんですかあ？」

「銀座《ぎんざ》のホステスを、店が退《ひ》けた後にホテルに送り込むからと言って、金を受け取るんです」

「銀座のホステス……？」

「ええ。黒服を着て、ポーターの振りをして店の外に立っているんです。そして、店から出てきた客に、ご執心のホステスの名前を告げるんです。面白いように引っかかりますよ」

ポーターというのは、キーを預かって路上駐車する客の車の管理をする人たちだ。店の営業時間中はずっと路上にいる。

広田係長が唸《うな》るように言う。

「そんなのにだまされるなんて、信じられないねえ」

「それなりに元手をかけてますんで……」

「まず、仲間の一人がクラブに飲みに行かなければなりません。店内でカモを探すんです。その役は戸沢がやっていましたね。あいつ、銀座に馴染《なじ》みの店が何軒かありましたから……」

「元手……？」

「カモを見つけたら、どうするんです？」

「ポーター役に電話で連絡が来ます。客の人相や服装と、ご執心のホステスの名前を知らせてくるんです。ポーター役はホテルのカードキーを持っていて、カモの客が出てきたら声をかけるんです。よろしければ、お目当てのホステスさんがホテルの部屋に行くように話をつけますが、って……。それを俺と和久田の二人が交代でやってました」

「ホテル代もかかるのかあ……」

「安いビジネスホテルの部屋です。……で、十万円くらい吹っかけるんですが、最近はそんなに現金を持っている人が少なくて、たいていは五万円くらいで話がつきますね。その場で現金を受け取るんです」

「ちょっと待ってくださいよお。クラブに飲みにいってるんでしょう？　五万円じゃ足が出るじゃないですかあ」

「一日に二人くらいカモがいれば儲《もう》けが出ます。でもね……」

「でも？」

「金じゃないんですよ。俺たち、そんなに不自由な生活をしているわけじゃない」

「じゃあ、どうして詐欺なんてやってたんです？」

「わくわくしたんですよ」

「わくわく？」

「そう。もし、戸沢たちと、これ、やってなかったら、つまらない毎日だったと思いますよ。年取ってみるとわかるけどね、楽しみなんて何にもなくなるんですよ」

「釣りじゃダメなんですかあ？」

「カモを引っかけるのは、釣りに似てますけどね、数倍……、いや何十倍もわくわくしましたよ。それにね、詐欺っていうと、たいてい年寄りが被害者になるでしょう？　それが悔しくてね。だから、できるだけ若いやつらを引っかけてやろうと思いましたよ。生意気そうな若いやつをね」

「しかし、そんな手口でうまくいくとはなあ……」

「年寄りが黒服着ていると、信用されるんですよ。銀座のことをよく心得ていると思われるんですね。ホテルのカードキーを渡すことで、真実味が出ます。それにね、銀座のクラブというところがキモでしてね。これが新宿のキャバクラなんかだとまったくダメでしょうね」

「そんなもんかねえ……」

広田係長は、感心したように腕を組んだ。

安積は猪狩に尋ねた。

「戸沢さんを殺害したのが、その詐欺の被害者の一人だったということですね？」

「そうだと思います」

「その人物の名前は？」

「わかりません」

「わからない……？」

「ええ。戸沢なら知っていたかもしれませんが……」

「名前もわからないのに、どうして半グレだということをご存じなのですか？」

「戸沢が銀座の店で聞いたらしいんです」

「何を聞いたのです？」

「噂《うわさ》話です。金をだまし取られたんで、お気に入りのホステスに食ってかかったらしいんです。そのときに戸沢は、その男の素性を知ったようです」

猪狩は笑いを洩らした。「そのホステスは、無関係なのにね……」

「その人物は、そのお店で戸沢さんのことを知ったわけですか？」

「いや、戸沢が詐欺の一味だってことは、店の人も知らなかったはずです。きっと、調べ回ったんだと思いますよ」

反社会的勢力の情報収集能力はあなどれない。金を稼ぐため、あるいは安全を確保するために、情報が必要だからだ。

安積は質問を続けた。

「何という店ですか？」

「八丁目のベティというクラブです」

見なくても水野がメモしているのはわかった。

「それでえ……」

広田係長が言った。「和久田さんはどこにいるんですかあ？」

猪狩がこたえた。

「息子夫婦の家にいるはずです。たしか、中野坂上《なかのさかうえ》のあたりです」

「息子さんの名前は？」

「さあ……」

「苗字《みょうじ》は同じですねえ？」

「はい」

「和久田さんは、息子さん夫婦と長いこと会っていないと聞いていますが……」

「そうかもしれません。でもね、別に仲が悪いわけじゃないんですよ」

「なのに会っていないんですか？」

「仲は悪くない。ただ、息子夫婦は関心がないだけなんです。気にしていないんですよ。年寄りなんて、そんなもんです」

広田係長が鼻から息を吐いた。

猪狩がおずおずと、広田係長に尋ねた。

「あのお……。俺は捕まるんですか？」

「詐欺を自白したんだから、捕まえなきゃねえ……」

「そうでしょうねえ……。だから、言いたくなかったんです」

「でもねえ、協力してくれた人にはそれなりのことをしないとねえ。俺だけなら目をつむるんだけど、ここに別の刑事がいるんでねえ……」

広田係長が、安積を見た。下駄を預けてきたな……。そう思いながら、安積は言った。

「もともと特殊詐欺事件は、葛飾署が追っていたんです。俺は殺人の捜査で忙しいので、関《かか》わっている暇はありません」

広田係長が安積に言った。

「どうも、俺もあんたも不真面目《ふまじめ》な刑事のようだねえ」

「あとで部下に叱《しか》られるかもしれません」

「あら……」

水野が言った。「私は何も見ていないし、何も聞いていませんよ」

久賀好子が言った。

「なあに？　この人を連れていかないの？」

広田係長が言った。

「ここに身を隠すってのは悪くないアイディアだと思いますよお。警察の保護室は嫌でしよう？」

猪狩が顔をしかめた。

「それって、トラ箱のことでしょう？　留置場と変わらないじゃないですか」

「ここから出ないようにしてくださいよお。あなたの言うことが本当なら、危ない連中があなたを捜しているということですからね」

「俺が言ったことは本当ですよ」

「あ、そうそう」

広田係長が思い出したように言った。「留守中にあなたの家の鍵を開けさせてもらいました。中であなたが倒れていたりしないか心配だったんでねえ」

「鍵を……？」

「施錠しておいたほうがいいですよお。そうすれば、地域課に封印させなくて済みます」

すると、久賀好子が言った。

「私が鍵をかけてくるわよ。あんた、ここにいなさい」

どうやら、それほど迷惑には思っていないようだと、安積は思った。

広田が安積に言った。

「じゃあ、俺たちはそろそろ失礼しようかねえ」

マンションの外に出ると、広田係長は北原に電話をして、和久田の息子夫婦の住所を調べて訪ねるように指示した。

電話を切った広田係長が、安積に言った。

「何を考えてるんだい？」

「和久田のことです。息子さんは和久田と仲が悪いわけじゃない。ただ、関心がないだけだ……。それって、きついですよね」

「年寄りなんてそんなもんだって、猪狩が言っていたがね……。それが実感かもしれないなあ。何だか、詐欺をやる気持ちがわかるような気がするねえ」

安積はそれにはコメントしなかった。

「銀座のベティを訪ねてみましょう」

「ああ。取りあえず、署に戻ろう」

安積たち三人は、葛飾署に向かった。

15

「安積さん」

葛飾署の玄関で声をかけられて驚いた。東邦新聞の高岡だった。

「どうして、こんなところに……」

「俺《おれ》は遊軍だからね。どんなところにも出没しますよ」

広田係長が言った。

「記者さんかい？」

「ええ」

「俺は、余計なことをしゃべりたくないから、先に行くよお」

「はい」

水野は安積とともに残った。

広田係長といっしょにこの場を去ってもよかった。だが、安積はなぜか高岡の話を聞いてもいいという気になっていた。

水野は高岡に厳しい眼《め》を向けている。反感を持ちつづけているのだ。

「こうして葛飾署まで追っかけてきたんだから、今日は話してもらえませんか？」

「ノーコメントだと言ったはずです」

「被害者の戸沢守雄の自宅が葛飾署管内ですよね」

「そうです」

それはすでに発表され、報道されている。

「それでわざわざいらっしゃったわけですか」

「そういうことです」

「嘘《うそ》でしょう。被害者の身元を調べるためだけに、係長がわざわざ足を運ぶことはないでしょう」

「被害者の身辺を調べるのは大切なことです」

「何か別に理由があると、俺は踏んでるんですがね」

他社は近寄ってこない。おそらく、彼らは副署長席のまわりで何か情報を待っているのだろう。

高岡の眼の付けどころは悪くない。ベテラン記者だけあると、安積は思った。そして彼はおそらく、ただのベテランではない。かなりの敏腕記者に違いない。そんな気がした。

「山口さんは、どうしました？」

「彼女は、臨海署を離れられません。だから、遊軍の私がここにいるんです」

「何か言うことがあったとしても、俺は山口さんに言います」

高岡がにやりと笑った。

「お気に入りなんですね?」

「長い付き合いです」

高岡がうなずいた。

「わかります。俺も山口を買ってるんです」

「買っている? 実力を認めているということですか?」

「そうですよ。じゃなきゃ、いっしょに行動しようとは思いません」

水野が言った。

「付きまとっているんじゃないんですか?」

高岡が水野を見た。その目には、怒りや反発ではなく、悲しみのような表情があったので、安積は意外に思った。

「それ、臨海署でも言われましたが、心外ですね」

安積は聞き返した。

「臨海署で言われた? 誰《だれ》にです?」

「交機隊の制服を着た人にです。たぶん小隊長です」

速水に違いない。山口に対するセクハラの話をしたのはつい昨日のことだ。あいつはもう高岡に接触したようだ。

安積はその行動力に舌を巻く思いだった。

「山口さんを買っているからいっしょに取材をしていたということですが……」

「ええ」

「それは、彼女を指導しようということですか?」

「俺が指導なんかしなくても、あれは立派な記者になると思いますよ」

「じゃあ、どうして……」

「ただ、記者としては弱い」

「弱い……?」

「そう。だから私は……。あ、いや、こんな話をするつもりじゃなかったんだ……。ねえ、葛飾署で何があったんです?」

「だから、被害者について調べていただけです。ここに来るのも、たぶん今日までだと思います。じゃあ……」

安積は水野とともに、署内に向かった。

高岡は声をかけてこなかった。


夕方にならないと、クラブの従業員はやってこないだろうという広田係長の意見に従い、五時頃に葛飾署を出た。

ベティは、並木通りに面したビルの五階にあった。安積は、こうして銀座七丁目、八丁目あたりのビルの看板を見て、いつも不思議に思う。

どうしてこんなおびただしい数の飲食店が存続できるのだろう。

それが銀座なのだ。

この時刻のクラブ街はまだそれほど華やいだ雰囲気はない。

ベティのドアは施錠されていたが、中で人が動く気配があった。ドアを叩《たた》くと、黒服の従業員が顔を出した。

「何でしょう?」

広田係長が警察手帳を提示して、「話を聞きたい」と言うと、相手は警戒心を露《あら》わにした。

広田係長が言った。

「あ、風営法は関係ないよ。こちら、強行犯係の刑事でね。ご協力をお願いしたいんです」

「強行犯係……?」

安積は言った。

「殺人事件について、おうかがいしたいことがあるんです」

「あ……」

黒服は眉《まゆ》をひそめて言った。「そういうことでしたら、どうぞ」

店内は開店準備であわただしかった。黒服は、安積たちのもとを離れ、年配の男性と何事か話をしている。

その年配の男性が安積たちに近づいてきた。彼はまず水野を見て言った。

「面接じゃないですよね……」

「は……？」

「いや、バイトでいいから働いていただけないものかと……」

安積は尋ねた。

「あなたは……？」

「あ、失礼しました。店長の田原《たはら》と申します」

安積たちは名刺を交換した。田原清志《きよし》というのが、店長のフルネームだ。

田原が名刺をしげしげと見て言った。

「葛飾署に東京湾臨海署……？　築地《つきじ》署じゃないんですか？」

銀座は築地署の管轄なのだ。

安積はこたえた。

「現在、捜査本部におりまして、その件でお邪魔しました」

「殺人事件だと聞きましたが……」

猪狩に話を聞くときは、葛飾署管内だし詐欺に関連する事柄だったので、質問を広田に任せた。

だが、今回は殺人事件についてなので、安積が質問すべきだと思った。

「戸沢守雄さんをご存じですか？」

「あ、そのことですか……。戸沢さんが亡くなったことはニュースで知りました」

「この店のお客だったんですね？」

「はい、そうです。戸沢さんがお勤めの頃《ころ》からのお付き合いです」

「どのくらいのお付き合いでした？」

「そうですね……。二十年くらいになりますか」

「長いですね」

「銀座で二十年というのは、そう長いほうではありません。他の街とは違います」

その言葉にプライドが感じられた。

「会社を辞めてからも、お店にいらしていたのですね」

「はい。おいででした」

「別のお客さんとトラブルになったようなことはありませんでしたか？」

「トラブルですか……？」

店長の田原は表情を曇らせる。「いえ、そういうことはありませんでしたね。いつも、お静かにお飲みでしたから……」

すると、広田係長が尋ねた。

「ホステスの取り合いとか、なかったですかあ？」

田原が苦笑する。

「歌舞伎《かぶき》町のキャバクラじゃないんで、そんなことはありません」

歌舞伎町のキャバクラならそういうことがあるのか、安積にはわからない。言葉のアヤだろうと思った。

広田係長はさらに言う。

「銀座だって、上客ばかりじゃないでしょう。反社の客だっているわけだし……」

「バブルの頃には、そういうお客さんもおいででしたね。ただ、最近はほとんどお目にかかりませんよ」

「暴対法や排除条例のおかげかなあ」

「景気が悪くなったからじゃないでしょうか」

「景気のいい半グレなんかは来るんじゃない？」

「さあ、どうでしょう……。そういう人たちは、銀座じゃなく六本木あたりで遊んでいるんじゃないですか？」

安積は尋ねた。

「最近、お店で半グレの客が揉《も》め事を起こしたという話を聞いたのですが……」

「誰がそんなことを……」

田原は鼻で笑おうとしたが、あまりうまくいかなかった。笑顔はぎこちなかったし、すぐに真顔に戻った。

田原は、ふと気づいた様子で言った。

「その揉め事と、戸沢さんが殺されたことと、何か関係があるんですか？」

刑事は、こういう質問にこたえてはいけない。安積は質問を重ねた。

「ホステスが約束を破ったと、そのお客は腹を立てていた……。そうですね」

田原は、ぽかんとした顔になって言った。

「たまげたなあ……。警察は何でも知ってるんですね……」

安積は重ねて尋ねた。

「間違いないですね？」

「ええ。なんか、そんな話でしたね。でも、そのお客さんが言ってることは支離滅裂でしてね。ただの難癖としか思えなかったんですよ。もちろん、君香《きみか》も心当たりがないと言ってました」

「キミカ……？」

「ええ。そのお客を担当している子です」

「源氏名ですね？　本名は？」

「吉木《よしき》美紀《みき》です」

「で……、その騒ぎはすぐに収まったのですか？」

「そうですね。そのお客も、ご自分がおっしゃっていることのばかばかしさに気づかれたのではないかと思います。そう言えば、それきりおいでになりませんね」

詐欺にひっかかったことを悟ったので、すぐに矛を収めたのだ。さすがに、ばつが悪くて、店に顔が出せないのだろうと、安積は思った。

「そのお客の名を教えていただけますか」

「それはご勘弁いただきたい」

田原は毅然《きぜん》とした態度で言った。「お客様は、どんな方であれ大切にしなければなりません。私どもは信用が何より大切なのです」

「銀座の誇りはわかります」

安積は言った。「しかし、殺人の捜査ですから、こちらも引くわけにはいきません」

「そのお客様が犯人とでも……」

「そうは言っていません。しかし、その人物が何らかの事情を知っている可能性があるのです」

この「何らかの事情を知っている」というのは便利なので、記者発表などでよく使う言葉だ。

「正義と信用を秤《はかり》に掛けたら、私どもは信用を取るのです」

田原の守りは堅そうだ。どうしたものかと思っていると、広田係長が言った。

「銀座なんだから、お客を選ばなきゃね」

その言葉に、田原はじっと広田係長を見つめた。やがて、彼はふっと救われたような表情を見せると言った。

「ここだけの話ですがね。困ったお客様がいらっしゃるのも事実です。警察にでも捕まってくれれば、と思うこともたまにあります」

広田係長がのんびりとした口調で言った。

「悪いことしてるやつは、捕まえるよお。それが仕事だからねえ」

田原は落ち着いた表情になった。腹をくったのかもしれないと、安積は思った。

その田原が言った。

「久志木《くしき》鉄也《てつや》というお客さんです」

安積は確認した。

「揉め事を起こした人物ですね」

「そうです」

「何をされている方ですか？」

「昔ふうに言うと、青年実業家ですね」

「青年実業家……」

「もともとは、渋谷でスナックを始めたらしいです。それが流行《はや》って、二号店、三号店を出しました。ヒップホップっていうんですか？　ラッパーだかDJだかを何人か抱えていて、イベントでも荒稼ぎしたようです。それらを元手に今はダンススタジオなんかもやっていて、芸能界に進出しようとしているらしい。そっちのコネもあるようです」

広田係長が言った。

「そいつはすごいなあ。やり手なんだねえ」

「そうですね。まあ、目的のためには手段を選ばないタイプですね」

安積は慎重に尋ねた。

「無茶をやるということですか？」

田原は肩をすくめた。

「詳しいことは存じません。しかしまあ、店内での振る舞いを拝見するに、だいたい想像はつきますね」

広田係長が言う。

「そういう人が店に出入りすると、客を選びたくなるよねえ」

田原は、かすかに笑みを浮かべただけで、何も言わなかった。

安積は尋ねた。

「久志木鉄也の住所とか連絡先はわかりますか？」

「もちろん、わかりますが……」

田原はにわかに慎重になった様子で言った。「久志木さんと戸沢さんは、どんな関係があったんですか？」

安積はこたえた。

「私たちも、それが知りたいんです。二人は知り合いではなかったのですか？」

「いいえ。つながりはなかったと思います」

「常連同士で、話をしていたとか……」

田原はかぶりを振った。

「いいえ。そういうことはありませんでした」

「お店の方が、戸沢さんのことを、久志木さんに話されたというようなことは……?」

田原は怪訝《けげん》そうな顔になった。

「店の者……? それ、女の子のことですか?」

「それも含めて、お店の従業員の方が……」

「それはわかりませんねえ。席で女の子とお客さんがどんな話をするかは把握しかねます。まあ、そういうことはなかったと思いたいですが……」

「久志木さんのトラブルというのは、どういうことだったんでしょう。差し支《つか》えなければ教えていただけませんか?」

「差し支えありますね。しかし、ここは協力させていただきましょう」

なんだか恩着せがましいなと、安積は思ったが、もちろん黙っていた。田原の言葉が続いた。

「先ほども申しましたがね、支離滅裂な話なんですよ。久志木さんは、いきなり君香が約束を破ったと言って責めたんだそうです。なんでも、君香がアフターでホテルに来ることになっていたとか……。ばかな話ですよ」

猪狩の話と一致している。

安積は質問した。

「その件と、戸沢さんは何か関係がないでしょうか?」

田原はぽかんとした顔になった。

「なんで、戸沢さんが……」

「もしかして、と思いまして……」

「警察は何かご存じなのですか？」

安積はかぶりを振った。

「わからないからうかがっているんです」

補足するように、広田係長が言った。

「警察はねえ、トラブルと聞くと、事件と結びつけて考えるもんなんですよお」

田原は半ばあきれたような顔で言った。

「たまたまでしょう。店ではいろいろなことが起きます。でも、それらがつながっていることなんてほとんどありませんよ」

安積はうなずいた。

「わかりました。それで、久志木さんの連絡先は……」

「それ、教えなきゃならないんですね」

「ぜひ教えていただきたいです」

広田係長が言った。

「毒を食らわば皿までっていうじゃないですか」

店長は、黒服の一人に声をかけ、耳打ちした。久志木の住所や電話番号を調べるように言ったのだろう。

広田係長が言った。

「ホステスさんが、トラブルに巻き込まれることって、けっこうあるんですかあ?」

「ないように心がけていますがね……。まったくないわけじゃない。なにせ、酒を飲む場ですから……」

「では、久志木さんのような例はそれほど珍しくはないということですかあ?」

田原はちょっと考えてからこたえた。

「いや、珍しいですね。銀座にはモラルはなくてもマナーはあると、私は思うんですよ。そして、そのマナーの基本は粋かどうかなんです。粋できれいに遊ぶのが銀座のマナーです。店や従業員と揉めるのは、粋じゃないですよね」

「なるほど……」

広田係長が感心したようにうなずいた。

そこに、黒服が戻ってきて、田原に一枚の紙を渡した。田原はそれを確認すると、安積に差し出した。

「久志木さんの名刺のコピーです」

安積たちは礼を言ってベティを出た。

ずいぶん長く話をしていたような気がしていたが、実際には三十分ほどだった。午後六時を過ぎたばかりで、夜の銀座はまだ始動していない。

並木通りを歩きながら、広田係長が言った。

「久志木はベティで戸沢とつながったんじゃないかと思うんだけどなあ……」

安積は、周囲を見回してから言った。

「外でそういう話をするのはどうかと……」

「かまわないよお。こうして歩きながら話をするのが一番安全なんだよお。最近は安心して話ができるような喫茶店もなくなったし……」

「捜査の話をするのは、署に着くまでお預けにしましょう」

「安積さんは真面目《まじめ》だねえ」

「真面目とかではなく、情報管理の問題です」

「いやあ、やっぱり真面目だよお。ねえ、水野お」

広田係長に呼び捨てにされたが、水野は気にした様子はなかった。それどころか、どこか嬉《うれ》しそうにも見えた。

「そうなんです。うちの係長は、けっこう石頭なんです」

上司を石頭呼ばわりだ。まあ、多少自覚はあるので、安積は何も言わなかった。

16

葛飾署に戻ると、安積は栗原係長に電話をして、久志木鉄也について報告した。

「そいつが戸沢守雄を殺害したってこと？」

栗原係長の問いに、安積はこたえた。

「実行犯ではないでしょう。しかし、猪狩の話からすると、殺害に関与している可能性は大きいと思います」

「八時に捜査員が上がってくるが、その時間にこっちに来られるか？」

安積は時計を見た。すでに七時近い。

「今すぐに出れば、なんとか……」

「管理官に説明してくれ。俺も詳しい話が聞きたい」

電話だけで済ませるわけにはいかないか……。

「わかりました。向かいます」

安積はそう言って、電話を切った。

一言断って、水野とともに葛飾署を出ようとすると、広田係長が言った。

「久志木はどうする？」

「直当《じかあ》たりするのはまだ早いかもしれませんが、様子を見たいですね。しかし、捜査会議のために臨海署に戻らなければなりません」

「会議なんてやってる場合じゃないだろう」

「情報の共有が必要なんです」

「図体《ずうたい》がでかいと、何かと面倒だねえ」

捜査本部の人数のことを言っているのだろう。所轄の捜査は係単位だから、それに比べれば捜査本部はたしかに大きな組織だ。

「その代わり、捜査が大詰めになると、その勢いは半端じゃないですよ」

「明日は？」

「朝、こちらに参ります」

「わかった。待ってるよお」

安積は水野とともに葛飾署を出た。一瞬、まだ高岡が玄関あたりにいるのではないかと思ったが、その姿はなかった。

東京湾臨海署に着いたときには、すでに午後八時を過ぎていた。だが、捜査会議はまだ始まっていない。

予備班席に戻ると、栗原係長が言った。

「おう。ご苦労。あんたを待っていたんだ」

「え……、俺待ちだったんですか」

栗原係長の言葉どおり、安積の姿を確認すると滝口管理官が言った。

「では、会議を始める。安積係長、葛飾署のほうでわかったことについて説明してくれ」

「はい」

安積は立ち上がり、猪狩の証言、そして、ベティの田原の証言を皆に伝えた。その上で、久志木鉄也のことを報告した。

滝口管理官が質問する。

「詐欺の被害にあったことに腹を立てて、戸沢を殺したってことか?」

安積はこたえた。

「動機としては、考えられることだと思います」

「だが、戸沢と久志木のつながりはまだ不明なんだな?」

「はい」

「わかった。まずは久志木の身辺を調べることだな。半グレだと言ったな? 組対部に何か資料がないか、訊《き》いてみよう」

安積は着席した。

滝口管理官の言葉が続いた。

「栗原係長。久志木の捜査に、何人か振り分けてくれ」

「了解しました」

「他に何かあるか？　車のほうはどうだ？」

滝口管理官が尋ねると、捜査一課の高島が起立した。

「車種を特定した九台について、交通系のカメラに映っていないか、現在解析を進めています。それらしい車については、持ち主を確認し、そのリストを作成しています」

「不審な車は？」

「九台のいずれの車両も、不審といえば不審ですし……」

「わかった。リスト作成を進めてくれ」

その後、めぼしい情報はなく、二十分ほどで会議は終了した。再び外に出かけていく捜査員たちも少なくない。

栗原係長が、安積と相楽に言った。

「さて、久志木のほうに誰を割り当てるか、だな……」

安積はこたえた。

「自分と水野がやりましょう」

「二人じゃ心許《こころもと》ないな……」

「明日も葛飾署に行くつもりですから、向こうで応援を頼みます」

「葛飾署？　詐欺事案は終わってるんだろう？　実績にならないことに手を貸してくれるのか？」

「広田係長は、やる気満々に見えました」

「それだと、人手を割かなくていいので捜査本部としては助かるな」

「その代わり、葛飾署の浅虫生安課長に、もう一度念押ししてほしいのです。そうすれば、広田係長はやりやすい」

「協力要請だな。わかった。管理官に頼んでおく」

安積は、相変わらずパソコンに向かっている須田に言った。

「久志木について、ネットで調べてみてくれ」

須田は顔を上げて言った。

「あ、わかりました。検索エンジンとかSNSとか当たってみます」

「おまえが久賀好子を見つけてくれたから、久志木にたどり着けたんだ。お手柄だぞ」

すると須田は、難しい顔になって言った。

「それはよかったです。ええ、ほんとうに……」

この顔はおそらく照れ隠しだろうと、安積は思った。


翌日、安積は前日と同様に、朝九時に葛飾署にやってきた。やはり水野はすでに来ていた。五分ほど前に着いたのだという。

安積の顔を見ると、広田係長が言った。

「久志木がやっているという店の様子を見てきたよお。一号店は渋谷の宇田川町《うだがわ》だ。交番のすぐ近くだったよ」

安積は驚いて尋ねた。

「いつのことです？」

「昨日の夜だよ。たまには渋谷あたりで一杯やろうかと思ってねえ。二号店は円山町《まるやま》、三号店は道玄坂《どうげんざか》にある」

「俺と水野が久志木を調べることになり、ご協力を仰《あお》ごうと思っていたんですが、先手を打たれたようですね」

「なんせ、詐欺の被害者だからねえ」

「でも、戸沢たちの詐欺は事件にしないんでしょう？」

「戸沢は一度逮捕されたし、もうこの世にはいないからねえ」

「それでも手伝ってくれるんですね？」

「乗りかかった船ってやつだよお」

「管理官が、引き続き捜査協力をしてほしいと、浅虫課長に電話をすることになっています」

「だったら、だいじょうぶだよお。さて、久志木に会いにいこうか？」

「まだ早いと思います。まず、戸沢との関係を探らないと……」

「そうだなあ。まずは外堀かあ……。じゃあ、うちの捜査員に、ベティの周辺を洗わせよう」

「猪狩はどうしています？」

「ああ、そのまま久賀好子の部屋にいるはずだよお。当分、おとなしくしてるだろうね」

「和久田は？」

「猪狩が言ったとおり、息子夫婦の自宅にいた。中野区本町二丁目のマンションだ」

「捜査員が会いに行ったんですよね？」

「ああ、北原たちが行ったよお」

「どんな様子だったんでしょう？」

「会った本人に訊いてくれよお」

そう言ってから、広田係長は北原と白井を席に呼んだ。

「何でしょう？」

「安積さんが、和久田の様子を聞きたいそうだ」

北原は、安積のほうを見て言った。

「すっかり困り果てている様子でしたね」

「猪狩と同じで、戸沢の殺害犯から逃げたということなんだな？」

「そう言っていました。自宅からずいぶんと離れているし、まあ、そのマンションにいれば安全だと思うんですが……」

「何か問題があるのか？」

「なんだか、居づらそうだったんです」

「居づらそうだった……？」

「ええ。自分らが訪ねたとき、一人で留守番していたんですがね、どこか次の潜伏先を探しているようなことを言っていました」

「息子のマンションにいたくないと……」

「……というか、いられない雰囲気なんじゃないでしょうか。迷惑がられているのがわかるんでしょう」

「父親が怯《おび》えて逃げ込んだというのに、息子がそれを迷惑だと思うのか？」

「事情は説明していないようです。だから、迷惑がられるんじゃないですか。息子にしてみれば、理由もわからず突然親が転がり込んできたんですから……」

「しかし……」

安積は何をどう言っていいのかわからなくなった。「態度や雰囲気でただごとでないことがわかりそうなもんだが……」

広田が言った。

「父親のことを気にしている余裕がないんじゃないのかねえ」

安積は思わず聞き返していた。

「余裕がない？」

「そうだよお。都会で暮らしている人々はたいていそんな感じだよお。自分の生活で手一杯なんだよお。息子夫婦は共働きだろう？　都会的な生活だよねえ。そういう家庭に親の同居は馴染《なじ》まないんだよお」

たしかにそうかもしれない。

「俺も話を聞いてみたいんですが……」

「実は俺もそう思っていたところなんだよお。身柄、引っぱってこようか?」

「いや、今移動させるのは危険でしょう。戸沢を殺害したやつが探し回っているかもしれません。そのマンションを訪ねましょう」

「じゃあ、すぐに出かけようか」

電車を乗り継ぎ、東京メトロ丸ノ内線の中野坂上にやってきた。電車の中では、広田もさすがに事件の話はしなかった。

駅を出て、目的のマンションに向かって歩いていると、広田係長が言った。

「安積さんは、無口だねえ」

「そうでしょうか」

「電車の中で、ほとんど口をきかなかったねえ」

「普通はそうじゃないんですか?」

広田係長はその質問にはこたえず、水野に言った。

「いっしょにいると、水野も無口になっちゃうよねえ」

水野がこたえた。

「そうなんです」

やはり水野は、俺のことを無愛想だと思っていたのか……。

「でも……」

水野が続けて言った。「おかげで、いろいろ考え事ができます」

マンションに着いて、水野が玄関の外からインターホンのボタンを押した。返事がない。

「留守でしょうか……」

水野が言うと、広田係長がかぶりを振った。

「きっと、用心しているんだろう」

携帯電話を取り出した。北原たちが和久田の電話番号を入手していたのだろう。

「ああ、和久田さん？　葛飾署の広田といいます。今、マンションの玄関にいるんですが、ちょっとお話をうかがえませんか？」

ややあって、玄関のスライドドアが開いた。広田係長が電話を切って、マンション内に進んだ。安積と水野はそのあとについていった。

和久田は、憔悴《しょうすい》しているように見えた。顔色が悪く、表情が暗い。

「昨日、刑事さんと話しましたよ。まだ、何か……」

戸口で和久田がそう言った。広田係長がこたえる。

「こちら、殺人事件の捜査本部の刑事でしてねえ。詳しくお話をうかがいたいということなんですよお」

和久田はしばし戸惑った様子だったが、やがて言った。

「どうぞ……」

リビングルームに通された。二人用のソファしかない。ダイニングテーブルの椅子《いす》も二脚だ。

和久田はその二脚の椅子を持ってきて、その一つに座った。もう一つの椅子に水野が座る。ソファには安積と広田係長が並んで座った。

安積が尋ねた。

「戸沢さんを殺害した人物に、心当たりはありますか？」

和久田は、下を向いたまま言った。

「俺たち、詐欺をやっていて……」

「その話は知っています」

「たぶん、その詐欺にひっかかったやつじゃないかと……」

「被害者は何人かいるのですね」

「ああ……」

「その中の誰が戸沢さんを殺害したのかわかりますか？」

「久志木ってやつじゃないかと思う」

「間違いありませんか？」

「いや……」

和久田は一瞬視線を上げてから、落ち着かない様子で言った。「確かめたわけじゃない。ただ、人を殺そうなんてやつは、あいつしかいない。戸沢が久志木に眼をつけたんだけど、俺はやめたほうがいいと思ったんだ……」

「もし、犯人が久志木だとして、どうして詐欺をやったのが戸沢さんだとわかったのでしょう」

和久田はしばらく考えていた。

「たぶん、理恵《りえ》です」

「リエ……?」

「ベティのホステスです。戸沢が贔屓《ひいき》にしていた……」

「そのホステスが、何をしたのです?」

「何をしたかは知らない。でもね、俺たち、充分に注意をしていたので、穴があるとしたら、戸沢についていたホステスしか考えられないんだ」

「戸沢さんがその理恵というホステスに、詐欺について何か話したのだということですか?」

和久田はかぶりを振った。

「戸沢はそんなヘマはしないよ。ただね、誰かから久志木の情報を得なきゃいけないじゃないか。馴染みのホステスからなら、話を聞き出せるだろう?」

「なるほどねえ……」

広田係長が言った。「その話が久志木に伝わり、久志木はそれを手がかりに、戸沢の詐欺を調べだしたってことかなあ?」

和久田が言った。

「考えられるのは、それくらいだね」

安積は言った。

「久志木があなたを探している。そうお考えなのですね?」

「手下が探し回っているんじゃないかと思う。だから逃げてきたんだが……」

「ここを出ようかと考えているらしいですね」

和久田は、下を向いたまま何度かうなずいた。

「いつまでもここにいるわけにもいかないしね……。孫でもいりゃあ、居座る口実にもなるが、あいにく息子夫婦に子供はいない」

「どこか行く当てはあるんですか?」

「当てなんかないよ」

「では、ここにいたほうがいいです。戸沢さん殺害の被疑者が捕まるまで……」

「いるだけで迷惑なんだよ。なんか揉め事でもあったらたいへんだ。だから……」

「余計なことかもしれませんが……」

安積は言った。「私が息子さんと話をしましょうか」

和久田は驚いたように安積を見た。それからまた眼を伏せて言った。

「刑事さんにそんなことをしてもらう義理はないよ」

「ですが……」

安積が言いかけると、和久田は顔を上げて、きっぱりと言った。

「ここにいろと言うのなら、いられるだけいる。でも、そう長くはいられない。だから、一刻も早く、戸沢を殺したやつを捕まえてくれ」


話を終えて部屋を出た。エレベーターホールで、広田係長が言った。

「やっぱり、ベティで久志木と戸沢がつながるかもしれないねえ」

「もう一度訪ねて、理恵というホステスに話を聞いてみましょう」

「そうしよう。まあ、それにしても……」

「何です?」

「和久田の息子さんと話をしようなんて、安積さんらしいよねえ」

俺らしいというのは、どういう意味だろう。そんなことを考えていると、エレベーターがやってきた。

17

葛飾署に戻った安積は、捜査本部の栗原係長に、和久田から聞いた話を電話で伝えた。

「久志木と戸沢がつながりそうだということだな?」

栗原係長の問いに、安積はこたえた。

「ベティの理恵というホステスに話を聞いてみようと思います」

「それはいいんだが、ちょっとこっちに戻れないか?」

「何です?」

「組対部に久志木のことを問い合わせていただろう。それについて、説明しに来てくれるというんだ」

「組対部の人がですか?」

「そうだ。安積係長が戻れる時間に来てもらうことにするが……」

安積は時計を見た。午前十一時になろうとしている。

「これからすぐに向かいます。ですから、十一時半頃《ごろ》には着けると思います」

「わかった。じゃあ、十一時半に設定しておく」

電話を切ると安積は、広田係長と水野に組対部のことを話した。

すると、広田係長が言った。

「わかったよお。じゃあ、署から車を出そう」

「だいじょうぶですか?」

思わず安積はそう尋ねていた。所轄で捜査員が車を使う大変さをよく知っている。警察署にはそれほど多くの車はない。

だから、捜査員はたいてい公共交通機関を利用する。

広田係長が言った。

「何とかなるよお。時間との勝負だからねえ。そのための捜査車両だ」

彼は部下に言って捜査車両を用意させた。

「じゃあ、行こうかあ」

駐車場にあるシルバーグレーのセダンに乗り込んだ。どこの警察署にもあるタイプの車だ。逆に、今どきはシルバーグレーのセダンなど警察以外ではあまり見かけない。

ハンドルを握るのは広田係長だった。水野が助手席に座った。捜査車両の助手席は、無線やサイレンアンプ、サイレンペダルなどがあり、決して居心地がよくないのだ。

そして、助手席の者は常に安全確認やナビゲーションをしなければならない。

道をよく知っている広田係長に、ナビゲーションの必要はなかった。葛飾署を出て三十分で臨海署に着いた。

安積たちが捜査本部にやってきたのは、十一時三十五分だ。約束の時間に五分ほど遅れた。

「あ、来た来た」

安積を見て、栗原係長が言った。

「遅くなりました」

安積は、広田係長を栗原係長や相楽に紹介した。「それで、組対部の人は？」

「滝口管理官のところだ。行こう」

係長たちが、滝口管理官の席を囲んだ。

「おう。じゃ始めようか」

滝口管理官が言った。「こちらは、組対部の石津《いしづ》主任だ」

「組対第三課組対企画係の石津弘喜《こうき》です」

ぺこりと頭を下げた。三十代半ばだろう。およそ組対部らしくない、童顔でおとなしそうな男だ。

滝口管理官がうながすと、石津は話しはじめた。

「久志木鉄也についてのお問い合わせでしたので、うちにある記録をお持ちしました」

「記録……？」

滝口管理官が尋ねる。「前科があるってことか？」

　石津はかぶりを振った。

「いいえ。久志木に前科はありません。三年前、恐喝事件で身柄を取られたことがあるんですが、逮捕されませんでした」

「恐喝事件？」

「ええ。彼はカラオケスナックをチェーン展開していまして……」

「その話は知っている」

「三号店を出す際に、前の店の立《た》ち退《の》きだの、賃貸契約だので揉《も》めまして、不動産業者を恐喝しました」

「それで、何で逮捕されなかったんだ？」

「身代わりがいたんです」

「身代わり？」

「はい。畑中力也《はたなかりきや》、現在二十八歳と、藤田毅郎《ふじたたけろう》、同じく二十八歳です」

　石津は手際よく、写真入りの資料を滝口管理官と係長たちに配った。見かけどおり生真面目《きまじめ》なタイプらしい。

　こういう場合、資料は一部だけ持ってきて、先方に勝手にコピーさせるのが普通だ。彼は、十部ほどのコピーをあらかじめ作ってきていた。

　滝口管理官が、資料を見ながら尋ねる。

「この二人が身代わりとなったということか？」

「はい。久志木のことを『先輩』と呼んでいるようです」

「つまり、先輩のために罪をかぶったと……」

「自ら進んで身代わりになったわけではないでしょう。久志木に命じられたのだと思います。久志木は現在、三十五歳ですから、彼らより七歳年上ということになります。おそらく、畑中たちは久志木には逆らえないのだと思います。取り調べでは二人とも、久志木の関与を絶対口に出さなかったということです」

「……で、久志木を逮捕できなかったのか？」

「決定的な証拠がなかったんだそうです。結局、畑中と藤田は三年の懲役刑でした」

「久志木は？」

「野放しです。その間も、渋谷で飲食店の経営を続けていました。畑中と藤田が出所してくると、経営幹部に名を連ねたのですが、藤田はそれを断り、久志木のもとを離れています。嫌気が差したようですね」

「離れた……？」

「ええ。その直後、藤田は何者かに襲撃されて大怪我《おおけが》をしました。おそらく、久志木が見せしめにヤキを入れたんでしょう。頭部を強打されて脳内出血を起こし、その後遺症で半身不随になったということです」

暴力によって何らかの秩序を保とうとする者たちを、安積は心から憎んでいる。恐怖による支配は、最も原始的で野蛮な手段だ。

だから暴力団は許しがたいし、久志木のような存在も許せないと思う。捜査に私情は禁物とよく言われるが、それはきれい事であり、理想論でしかない。

捜査員は常に、怒りを胸に秘めているし、憎しみも抱いている。

滝口管理官の質問が続く。

「それで、畑中は？」

「今や、久志木の右腕です」

「住所はわかっているな？」

「書類にあるとおりです」

滝口管理官が栗原係長に言った。

「その畑中というのも当たってみる必要があるな」

「そうですね」

それから栗原係長は安積を見た。「そちらも安積係長に任せていいかな？」

安積はうなずいた。

「もちろんです。葛飾署の協力を得て調べてみます。あ、それと……」

「何だ？」

「須田がネットで、久志木について調べていたはずです」

滝口管理官が、係長席にいる須田に声をかける。

「ネットのほうはどうだ？」

須田は、椅子《いす》をガチャガチャいわせて立ち上がり言った。

「あ、はい……。店のウェブサイトとか、常連客のSNSが見つかりましたが、犯罪に関係がありそうなことは、まだ見つかっていません」

「畑中力也というやつがいる。久志木の部下というか手下というか……。そいつのことも、調べてみてくれ」

「畑中ですか……？」

「詳しくは、安積係長から聞いてくれ」

「わかりました」

滝口管理官が、石津に言った。

「他には？」

「恐喝事件だけでなく、久志木は傷害事件などの暴力沙汰《ざた》に関《かか》わっていると思われますが、なかなか尻尾《しっぽ》を出しません。渋谷署の刑事組対課や、我々組対第三課、そして、組対第四課などがマークしていますが、これまで検挙に至っていません」

「なぜだ？」

「おそろしくずる賢くて、なおかつ残忍なのです。彼がサイコパスだと言う捜査員もいます。彼は、仲間を恐怖で支配しつつ、うまく利用するのです」

栗原係長が忌々しげに言った。

「やつらは、暴対法や排除条例にはひっかからないしな……」

石津がこたえる。

「準暴力団として、暴対法の取締の対象にしようと考えているのですが、なかなか実態がともないません。暴対法や排除条例は、組織を対象としているのですが、半グレは組織ではないんです」

「組織ではない……」

「ええ。何かあると集団を形成しますが、普段はばらばらに行動しています。組織としての実態がないので、暴対法や排除条例が機能しません」

「法律は暴対法だけじゃないんだ」

滝口管理官が言った。「もし、久志木が戸沢殺しの犯人だとしたら、何としても挙げてやる」

「それは、我々組対部の悲願でもありますが……」

「何だ？」

「久志木は絶対に自分で手を下すことはないでしょう。おそらく未成年の頃は、自ら暴力を振るっていたでしょうが、今は彼も三十五歳です。大物になったつもりでいるはずです。そして、自分ではもう危ない橋は渡らないのです」

「わかった」

滝口管理官が言った。「情報提供を感謝する。助かったよ」

「いえ、捜査本部のお役に立てれば幸いです」

石津はそう言って再び頭を下げ、足速に捜査本部をあとにした。

彼が出ていくと、滝口管理官が言った。

「久志木にはまだ触るな。石津の話だと、頭の回るやつらしい。つまり、用心深いということだ。こちらの動きを察知したら、手を打たれる恐れがある」

栗原係長がこたえた。

「了解しました」

「久志木について、担当しているのは安積係長だったな」

「はい。安積係長と水野です。そして、広田係長たち……」

「広田……？　それ、誰《だれ》だっけ？」

広田係長が言った。

「申し遅れましたあ。葛飾署生安課の広田です」

「ああ、葛飾署か」

滝口管理官が言った。「今回はいろいろとすまないな」

「いえ、戸沢が殺されたとあっては、寝覚めが悪いので……」

「なぜ、寝覚めが悪いんだ？」

「常習犯じゃないかって言った部下をもっと信じていれば、もしかしたら、戸沢は生きていたかもしれないと思いましてねえ」

「何もおたくのせいじゃないよ。そんなことを考えても仕方がない。供養をしたいなら、犯人を捕まえることだな」

「はい」

広田係長の茫洋《ぼうよう》とした表情は変わらないが、おそらく滝口管理官の言葉は、彼の救いになっているに違いないと、安積は思った。

係長席に戻ると、安積は石津からもらった畑中と藤田の写真と資料を水野と須田に見せた。

「コピーを取っていいですか？」

水野が尋ねたので、安積が「頼む」とこたえた。すると、須田が言った。

「あ、スマホで写真を撮って、ＰＤＦにして、係長と水野のスマホに送りますよ」

そして、彼はスマートフォンとパソコンであっという間にその作業を済ませた。たしかに便利な世の中になったと、安積は思う。

広田係長が言った。

「俺《おれ》にも頼むよお。そしたら、係の者に送るから」

「わかりました」

須田はすぐにＰＤＦデータを広田係長の電話に送った。

広田係長が言う。

「じゃあ、久志木や畑中のことはとりあえず、北原たちに任せて、俺たちはベティの理恵ってホステスを当たろうかね？」

「店に当たって、住所を調べる必要がありますね」

「ああ、それ、北原に頼んでおいたよ。田原店長に電話して、聞きだしているはずだよお」

「さすがですね」

「刑事なら普通のことだよお」

広田係長は電話を取り出し、北原にかけた。

理恵のフルネームは、新藤《しんどう》理恵。源氏名は本名をそのまま使っているのだ。

彼女は中央区築地六丁目のマンションに住んでいる。安積は、広田係長が運転する車で、水野とともに向かった。

「今、午後一時かあ……」

広田係長が言った。「できるだけ遅いほうが、先方のためだよなあ」

後部座席の安積は思わず聞き返した。

「遅いほうが……？」

「ホステスさんはねえ、店が終わった後もたいてい仕事するんだよお」

「アフターというやつですね？」

「寝るのが朝というのが珍しくないからねえ」

「なるほど……」

　だからといって、相手の都合ばかり考えてはいられない。捜査はいつも、時間との勝負だ。

　マンションの前に車を停《と》めたのは、午後一時半頃のことだ。まず、インターホンで呼び出して、マンションの玄関ドアを解錠してもらわなければならない。

　水野の出番だ。若い女性の場合、男性がインターホンのボタンを押しても警戒して出てくれないことがある。

　一度ボタンを押しても返事がない。水野は再度ボタンを押す。しばらくすると、ようやく返事があった。

「はい……」

　不機嫌そうな声音だ。寝ていたに違いない。

　水野が言った。

「警視庁東京湾臨海署の水野といいます。ちょっとお話をうかがいたいんですが……」

「何の話ですか?」

「戸沢さんのことで……」

「あ……」

　玄関のスライドドアが開いた。

　安積たちは、新藤理恵の部屋を訪ねた。

水野がドアチャイムを鳴らすと、すぐにドアが開いた。新藤理恵は二十代後半から三十代前半くらいだろう。

水野が警察手帳を提示した。安積と広田係長も、後ろから警察手帳を掲げる。

「戸沢さんのこと、ネットニュースで見て、本当に驚いた。ねえ、どういうことなんですか？」

向こうから話しはじめた。聞き込みとしては楽なパターンだと安積は思った。

水野がこたえる。

「それについて、詳しくうかがいたいのです」

新藤理恵は、気づいたように言った。

「あ、とにかく上がってください」

広いリビングルームが特徴の間取りだ。部屋は片づいている。大画面のテレビに向かってカウチが置いてあった。

その奥にダイニングテーブルがあり、安積たちは、その椅子に座るように言われた。ちょうど椅子が四脚ある。

新藤理恵と水野が向かい合って座った。安積は水野の隣だ。広田は新藤理恵の隣だが、椅子を移動して離れた位置に座った。プレッシャーをかけないように気づかっている。対象者との距離で、心理的圧力をコントロールするのだ。

水野が質問を始めた。まず、氏名、住所、年齢、職業を確認する。

「戸沢さんはベティのお客さんですね？」

「そうです。私が係でした」

「係というのは、そのお客さんの担当ということですか？」

「そういうことですね」

「戸沢さんは、どのくらいの頻度でお店にいらっしゃったのですか？」

「月に一、二回というところかしら。コンスタントというより、三週間くらい週一で来たかと思ったら、ぱたっと来なくなったり……。まあ、そんな感じです」

「最後にお店にいらしたのは、いつですか？」

「ええと……。思い出せないですね。手帳見ていいですか？」

「もちろん」

彼女は、ドアの向こうの部屋から手帳を取ってきた。たぶんそこは寝室だろう。赤い表紙のついた手帳だった。

「最後に来たのは……」

手帳をめくってこたえる。「あ、そうそう。お盆明けだから、十六日だったわ」

水野が確認する。

「八月十六日、水曜日ですね？」

「そう。間違いありません」

「そのとき、何か変わった様子はありませんでしたか？」

「いいえ。いつもと変わらなかったと思うけど……」

「何かに怯《おび》えていたとか、腹を立てていたとか、そういう様子はなかったですか？」

新藤理恵はかぶりを振った。

「全然。本当にいつもどおりでした。でも、その何日か後に殺されたんですね……」

ふと彼女の眼《め》に恐怖の色が浮かぶ。「信じられない……」

「お気持ち、お察しいたします」

水野はそう言ってから質問を続けた。「戸沢さんとはいつも、どんなお話をされてたんですか？」

「どんなって……。いろいろですよ。お酒飲んで話をするんですからね」

「戸沢さんが、他のお客さんのことを話題にされることはありませんでしたか？」

「あ、それ……」

新藤理恵は目を丸くする。「そうそう。あの人、けっこう他のお客さんのことを気にするんですよね」

彼女はまだ過去形で語っていない。安積はそれに気づいた。

「羽振りのよさそうなお客さんがいると、あの人は誰かって私に訊《き》いてました。男の人って、そんなことが気になるんだなあって思ってました」

「例えば、どんな人のことを……？」

「そうですね……。あら、他のお客さんの名前なんて言っていいのかしら」

「こういう場合、プライバシーより犯罪捜査が優先されるんですよ」

新藤理恵にしゃべらせるためには仕方がないのだが、実はこの発言は少々問題があると、安積は思った。

厳密に言うと、プライバシーと犯罪捜査のどちらを優先するかを判断するのは警察官ではなく裁判官だ。

そんなことを言うとまた、広田に「真面目だ」と言われるだろうが……。

新藤理恵が言った。

「あ、そうなの？　そうよねえ。殺人事件なんだもんねえ……」

「戸沢さんが話題にした人で、覚えていらっしゃる方はいますか？」

「久志木さんのことを訊いていました」

「久志木さんというと、君香さんと揉め事を起こしたお客さんですね？」

「そうそう。よくご存じですね」

「戸沢さんが、あなたに久志木さんのことを尋ねたのは、その君香さんとの揉め事の前ですね？」

「そうね。君香と久志木さんが喧嘩《けんか》をしたのは、一ヵ月くらい前で、戸沢さんが久志木さんのことを私に尋ねたのが、さらにその一週間くらい前でしたね」

つまり、その一週間の間に、戸沢たちは久志木をカモにすることを決め、詐欺を実行したわけだ。

そして、それ以来久志木はベティに顔を出さなくなったが、戸沢は来ていたということだ。次のカモを探していたのだろう。

「あなたは、久志木さんとお話をされたことがありますか?」

新藤理恵は顔をしかめた。

「それがね、一回席に呼ばれたことがあるのよ。みんな付きたがらなかったんだけど、君香だって他のお客さんがいるし、そっちに行ったときに誰かが付かなきゃ……」

「席に呼ばれた……?」

「そう。なんで私が呼ばれたんだろうって思いながら……。その直前に、戸沢さんが久志木さんの話をしていたから、そのせいかなって思って、思わず訊いちゃいましたよ」

「訊いちゃった……?」

「ええ。もしかして、戸沢さんのお知り合いですかって……。でも、それ考え過ぎだった。見かけで気に入って呼んでくれたらしいです」

「そのとき、久志木さんは何か言いましたか?」

「戸沢って誰だって……。だから私、戸沢さんがあなたのことを訊きたがっていたから、知り合いかなって思ったと言いました。そしたら、久志木さん、知り合いなら俺のことを訊いたりしないだろうって。言われてみれば、そのとおりよね」

安積はそう思いながら、できるだけその思いを表情に出すまいとしていた。

だが、一瞬の沈黙が、新藤理恵に違和感を抱かせたようだ。彼女は、表情を曇らせて言った。

「え……？　もしかして、久志木さんが事件と何か関係があるの？」

水野が即座にこたえた。

「いえ。そういうことではありません。あくまでも、参考としてうかがっているんです」

「でも、久志木さん、ああいう人だし……。まさか、久志木さんが戸沢さんを……」

水野は少々語調を強めた。

「そうは言っていません。私たちはあくまで、戸沢さんについてうかがいたいだけです」

新藤理恵は、しばらく水野の顔を見つめていたが、やがてふっと肩の力を抜いて、視線をそらした。

「そうですよね。誰が犯人かなんて、言えませんよね」

水野が言った。

「警察は、本当にまだ被疑者が誰か特定できていないんです」

「なんかねえ……」

新藤理恵は眼をそらしたまま、しみじみとした口調で言った。

「子供みたいな人だったんですよ」

「え……？」

突然話題が変わり、水野が戸惑った様子だった。

新藤理恵が言葉を続けた。

「戸沢さんです。話をしていると、とても七十歳過ぎだなんて感じなかったんです。人って、年を取ってもなかなか枯れないもんだなあって……」

広田係長が言った。

「そうなんですよお。草木じゃないんだから、枯れるはずないんですよねえ」

18

東京湾臨海署に戻る途中の車の中で、ハンドルを握る広田係長が言った。

「ええと……。少なくとも、久志木が戸沢のことを認識していたということはわかったわけだよねえ」

移動中にこういう話ができるのも車の利点だと思いながら、後部座席の安積はこたえた。

「久志木と戸沢がつながったということですよね」

「だけどなあ……。戸沢が自分のことを尋ねていたということを、久志木は新藤理恵から聞いただけだろう。それも、詐欺にあう前のことだ」

「時系列を整理してみましょう。久志木が君香というホステスと揉め事を起こしたのが一ヵ月ほど前のことでした。つまり、詐欺にあったのがその頃ということです。さらにその一週間前、戸沢が久志木について、新藤理恵に質問していた……」

「久志木が新藤理恵を席に呼んで、戸沢のことを久志木に話したのは、詐欺事件までの一週間のどこかということだな」

助手席の水野が言った。

「戸沢が久志木のことを、新藤理恵に尋ねる。新藤理恵がそのことを久志木に洩《も》らす。詐欺事件が起きる。久志木が君香とトラブル。そして、戸沢殺害。出来事はこの順番ですね」

「そうだ」

安積は言った。「すべての出来事の正確な日時を知っておく必要がある」

水野がこたえる。

「調べておきます」

広田係長が言う。

「しかしなあ……。自分のことをホステスに尋ねたことを知っていただけで、久志木は、詐欺をはたらいたのが戸沢だと気づくかねえ……」

「気づくと思います」

「おや、ずいぶんとはっきり言うね」

「悪いやつほど用心深いものです。つまり、常に周囲の人間を疑っている。だから、少しでも疑わしいことがあれば、自分に害を為《な》すと考えるわけです。普通の人が見逃すことも、彼らは見逃しません」

「関係性が弱いなあ。検事や裁判官が納得するかなあ」

「久志木は裏を取るために、人を動かしているはずです。その痕跡《こんせき》は必ず残っている。それを見つければいいんです」

広田係長がうなずき、ちょっと間を置いてから言った。

「不思議な人だねえ」

「何です？」

「安積さんに言われると、なんだかだいじょうぶだという気になってしまう」

「そうなんですよ」

水野が言った。「係長って、そういう人なんです」

広田係長が言う。

「見習わなきゃねえ……」

「とんでもない」

安積は言った。「見習わなければならないのは、こちらのほうです」

これは本音だった。付き合えば付き合うほど、広田係長の懐の広さがわかってくる。

「とにかく……」

広田係長が言った。「捜査本部に戻って、上の指示を仰がなきゃねえ」


午後二時半頃、捜査本部に戻り、安積は栗原係長に言った。

「久志木と戸沢のつながりが見えてきました」

「じゃあ、管理官のところでいっしょに聞こう」

滝口管理官の席の前に、栗原、安積、広田、相楽が集まった。

安積が、新藤理恵から聞いた話を伝え、さらに、出来事を時系列に沿って整理して報告した。

話を聞き終えると、滝口管理官は言った。

「久志木を被疑者と考えていいな」

安積はこたえた。

「組対三課の石津の話だと、久志木は自分では手を汚さないようですから、実行犯が別にいると考えるべきでしょう」

「引っ張ってきたところで、シラを切るだけだろうな……」

すると、栗原係長が言った。

「証拠固めが必要ですね。それと、久志木に張り付けば、何かつかめるかもしれません」

「実行犯が彼の身近にいる可能性も高いな」

「恐喝事件のときに、身代わりとして捕まった畑中ってやつが怪しいですね」

「畑中もマークしろ。いいか、まだ久志木にも畑中にも絶対に触るな。まずは、証拠固めだ」

「了解しました」

係長席に戻ると、水野が安積に言った。

「須田君と、銀座に行ってきます」

戸沢が新藤理恵に久志木のことを尋ねた件から、久志木が君香と揉めた件までの、それそれの出来事の日時を明らかにしに行くのだろう。

　須田を連れていくのは、二人一組で行動するという原則があるからだ。

　安積はうなずいてから、須田に尋ねた。

「ネットのほうはどうだ？」

「久志木については、さっきも言いましたが、最近の事業のことばかりですね。カラオケチェーンの宣伝とか……。芸能事務所の構想なんかを語っているページもありました」

「畑中のほうは？」

「久志木の店の役員で、肩書きはゼネラルマネージャー。恐喝で捕まっていますが、その他の犯罪の記録は見つかりません」

「わかった。水野といっしょに出かけてくれ」

「はい」

　いつものように、椅子をガチャガチャいわせて立ち上がると、須田は水野とともに捜査本部を出ていった。

「さて、俺は署に戻ろうかねえ」

　広田係長が言うと、栗原係長が尋ねた。

「今、葛飾署さんは、どういう動きなんだ？」

「久志木と畑中のことを調べているんだけどねえ……」

「それは、捜査本部の優先事項になった。今後はうちの捜査員を投入する。二四態勢で張り込むことになる」

「じゃあ、俺たちはお役御免かねえ」

「引き続き、手を貸してくれるとありがたいんだがな」

「何をやればいいんだ？」

すると、栗原係長が安積の顔を見た。

手伝えと言ったはいいが、何をしてもらえばいいのかわからない様子だ。

安積は広田係長に言った。

「猪狩と和久田のことが心配です。彼らの言うとおり、戸沢を殺害した犯人が彼らを狙《ねら》うかもしれません」

「つまり、久志木が、ってことかい？」

「まだ断定はできません。しかし、もし犯人が久志木だとしたら、猪狩と和久田は危険な状態だと言えます」

「わかったよお。うちの係と地域課で、彼らの身を守ることにするよお」

「お願いします」

「そのためにも、署に戻らなくちゃねえ」

栗原係長がうなずいた。

「では、そうしてくれ」

広田係長が言った。

「じゃあねえ、安積係長」

「何かあったら言ってください。駆けつけますから」

「そんときゃ、頼むよお」

広田係長が去っていった。

水野と須田の帰りを待つ間、ぽっかりと暇ができた。捜査本部にいると、どんなに忙しくても、こういうエアポケットのような時間がある。

椅子の背もたれに体を預けて、しばしぼんやりしていた安積は、ふと、新藤理恵が言ったことを思い出した。

「人って、年を取ってもなかなか枯れないもんだなあ」

すると、広田係長が「草木じゃないんだから、枯れるはずない」と言った。

彼らの言葉が妙に引っかかっていた。そして、なぜか安積はそのとき、東報新聞の高岡のことを思い出していた。

「ちょっと、外の空気を吸ってくる」

安積は、相楽にそう言うと、席を立った。

外に出るつもりはなかった。目指していたのは、臨海署内にある交機隊の分駐署だ。

安積の姿を見ると、速水が言った。

「なんだ、係長。俺のお株を奪おうってのか?」

「何の話だ?」

「署内パトロールだ」

「ちょっと訊きたいことがあったんだ」

「何だ?」

安積は、他の隊員に眼をやった。すると、速水が言った。

「俺の身内のことは気にしないでくれ」

「そうはいかない」

「じゃあ、どうする?」

「ちょっと席を外せるか?」

「俺に顔を貸せというのか。いい度胸だな」

彼の部下たちがにやにやと笑っている。

速水が立ち上がった。

二人は、屋上に向かった。

八月の終わりの日差しはきつい。それでも、東京湾臨海署の屋上には海風が吹き、暑さは多少和らいでいる。

速水が言った。

「何の話だ？」

「東報新聞の高岡と話をしたそうだな？」

「した」

「どんな話をしたんだ？」

「山口にセクハラをしていると聞いたが、本当か。そう尋ねた」

「単刀直入だな」

「こういう話は、持って回った言い方をしても始まらない」

「それで、向こうはどうこたえたんだ？」

「セクハラだと言われるんじゃしょうがないと言っていた」

「微妙な言い方だな」

「セクハラは、訴えられたら立派な罪になると言ってやった。すると、どんな罪になるのかと訊いてきた。だから、迷惑行為防止条例の『卑わいな言動の罪』になると言ってやった」

「驚いたな。おまえがそんな条例を知っているなんて……」

「交機隊は何でも知っている」

「高岡と話をするために、あらかじめ理論武装したんだろう」

速水はその問いにはこたえなかった。

「山口と行動を共にしているらしいが、彼女が嫌がっているのに無理やり付きまとっているのなら、それも罪になる。軽犯罪法第一条第二八号の違反だ」

「やっぱりあらかじめ調べてたな」

「付きまとっているのかと尋ねたら、高岡はあくまでも仕事の都合でいっしょにいるだけだと言った」

「彼は、山口を買っていて、鍛えてやりたいのだという意味のことを言っていた」

「本人がそう思っても、受け取る側が不快な思いをしたら、それはセクハラやパワハラになる」

安積はうなずいた。たしかに、速水の言うとおりなのだが……。

「それで、おまえはどう感じた？」

「高岡は誤解されやすい男だな。いや……」

そこまで言って速水はしばし考えた。「誤解されるのを覚悟の上でやっている。そんな気がした」

「そうか」

「おまえはどう思うんだ？」

「わからない」

安積は言った。「だが、一度ちゃんと高岡と話をしたほうがいいような気がする」

すると速水は、笑いを浮かべた。

「とっとと、殺人犯を捕まえて、それから落ち着いて話をすればいい」

安積がうなずくと、速水は「じゃあな」と言って、その場を去っていった。

19

水野と須田が戻ってきたのは、午後七時五十分頃《ごろ》だった。

水野が言った。

「久志木と戸沢を巡る一連の出来事の詳しい日時がわかりました」

水野によると、以下のような時系列になるという。

七月二十一日金曜日、午後九時頃、戸沢がベティにやってきて、新藤理恵が席に着く。そして、戸沢が久志木のことを理恵に尋ねた。

同日の午後十一時頃、理恵が久志木の席に呼ばれる。理恵が、久志木に「戸沢の知り合いか」と尋ねる。

七月二十六日水曜日の夜、正確には二十七日木曜日の午前一時頃、戸沢、猪狩、和久田らが久志木に対して詐欺をはたらく。

その翌日の七月二十七日木曜日の午後九時頃、久志木は担当ホステスの君香と揉《も》め事を起こしている。

そして、八月二十一日の未明に、戸沢が殺害されたわけだ。

安積は、眉《まゆ》をひそめて尋ねた。

「戸沢が新藤理恵に久志木のことを尋ねた日と、彼女が久志木に戸沢のことを話した日は同じだったということか？　本人の話の印象だと別の日のようだったが……」

水野がこたえた。

「彼女の記憶が曖昧《あいまい》だったのですが、よく思い出してもらったら、同じ日だったということが判明しました。おそらく、戸沢の席に着いていたのが早い時間で、久志木の席に呼ばれたのが遅い時間だったので、そういう勘違いをしたのでしょう」

「確認は取れているのか？」

「お店で確かめてもらったら、その日、たしかに戸沢も久志木も店に来ていました」

安積はうなずいた。

「わかった」

報告はそれで終わりだと思った。だが、どうやらそうではなさそうだった。須田が少しばかり興奮した顔をしている。

安積は尋ねた。

「まだ何かあるのか？」

「ベティの従業員に、戸沢のことをしつこく尋ねていた人物がいたことがわかりました」

安積は考えながら言った。

「たしか、広田係長とそんな話をしたばかりだ。久志木は自分に詐欺を働いたのが戸沢だということの裏を取るために、人を動かすはずだって……」

水野がうなずいた。

「ええ。まさしく、それじゃないかと……」

須田が続けて言った。

「それでですね。組対部暴対課の石津さんに、久志木の周辺にいるやつらの写真はないか尋ねたんです。畑中ら取り巻きの写真があるというので、それをスマホに送ってもらいました。そして、改めてそのベティの従業員を訪ねて、顔を確認してもらったんです。戸沢のことを聞き回っていたのは、畑中でした」

「間違いないのか？」

「何人かの顔写真の中から選んでもらいましたから、間違いありません」

そのとき、滝口管理官が捜査会議の開始を宣言した。

会議の席で安積は、今水野と須田から聞いた話を発表した。

すると、栗原係長が滝口管理官に言った。

「久志木に直当《じかあ》たりしていいんじゃないですか？」

滝口管理官は考え込んでいる。

「ただの小悪党なら、直当たりするかしょっ引くところだがな……」

「外堀は埋まったと考えていいでしょう。次の犠牲者が出る前に手を打ったほうがいいです」

珍しく、相楽が発言した。

「自分も、直接会いに行く頃合いだと思います」

「だが、向こうは警戒しているだろう。警察が会いに行ったりすれば、どこかに逃亡するか身を隠しかねない」

栗原係長が言った。

「監視をつければいいでしょう」

「しかしな……」

滝口管理官は、安積を見て言った。「君はどう思う？」

安積はこたえた。

「ベティの常連客に話を聞いて回っているという名目で会ってはどうでしょう」

「ベティ？　銀座のクラブだな？　しかし、そこでのことが戸沢殺害のきっかけになったのだろう。ますます警戒するのではないか？」

「そろそろプレッシャーをかける時期かもしれません。どんなに用心深いやつでも、プレッシャーをかけてやれば、思わぬヘマをやることもあります」

滝口管理官は、しばらく無言で何事か考えていたが、やがて言った。

「久志木に直当たりするのは簡単じゃない。安積係長、やってくれるか？」

「はい」

安積はこたえた。「水野といっしょに行ってきます」

「わかった。だが、くれぐれも慎重にな」

「了解しました」

午後八時二十分には捜査会議が終わり、安積と水野はすぐに出掛ける準備をした。

須田が心配そうに二人を見ている。安積は言った。

「須田。そんな顔をするな。俺《おれ》が死地に赴くような表情をしているぞ」

「まさに、そんな気分ですよ。渋谷の久志木の店を訪ねるんでしょう？　それって、暴力団の事務所を訪ねるのと大差ないじゃないですか」

「そんなことを恐れていたら、警察官はつとまらない」

「できれば、俺が水野の代わりに行きたいんですが……」

すると水野が言った。

「術科の腕は、須田君より上よ」

安積は須田に言った。

「おまえにしかできないこともある。引き続き、ネットで久志木たちの情報を集めてくれ」

須田はなぜかしょんぼりした顔で「わかりました」と言った。

安積と水野は臨海署を出て、渋谷に向かった。

宇田川交番からそれほど遠くない雑居ビルの中に、久志木の店の一号店があった。このあたりに来るたびに、渋谷は若者の街だと実感する。

年配の通行人がいないはずはないのだが、まったく印象に残らない。街を行くのはみんな若い女性のような気がしてくる。

自分が中年男性だから、若い女性に眼《め》がいくのだろうか。安積はそんなことを思っていた。

水野が、店で久志木に会いたいと言うと、久志木は三号店にいるということだった。一号店から歩いて五分くらいの場所だという。

地図をもらった水野が「こっちですね」と言って歩きだす。安積はそれについていった。若い頃、渋谷で遊んだ記憶がないわけではない。

安積よりも上の世代にとって、渋谷というと何と言っても公園通りだったのだそうだ。安積の若い頃も、まだ大型商業施設が健在で、そのあたりでガールフレンドと茶を飲んだりした。

はるか昔の話だ。だが、考えてみればその時代から渋谷は若者の街だったのかもしれない。こちらの目線が変わっただけなのだ。

三号店は、井《い》の頭《かしら》線西口の近くの飲食店街にあった。このあたりは昔、闇市《やみいち》があったのだという。今でも、何か雑然とした雰囲気が残っている。それは安積にとって、再開発された華美で無機質な駅周辺よりも、ずっと好ましいたたずまいだった。

久志木の店は、ビルの三階にあるカラオケスナックで、広いフロアで飲むこともできるし、個室もあるらしい。

水野が受付で手帳を見せて来意を告げると、意外とあっさりと、久志木が出てきた。

わずかに光沢のあるグレーのスーツを着ている。ネクタイとポケットチーフは赤を基調としている。

神経質なほどきちんと整髪されており、さらに念入りにセットされていた。ちょっと見は、ホテルマンのように見える。

だが、それは演出された姿だということが、その目つきでわかった。チンピラのようにすさんだ眼をしているわけではない。一見穏やかだが、その奥に危険な光があると、安積は思った。

「警察の方ですか?」

久志木はきわめて穏やかな口調で言った。「風営法関係はちゃんとしているつもりですが……」

水野が言った。

「私たちは生活安全課ではありません。ちょっとうかがいたいことがあってやってまいりました」

「ほう……。どんなことでしょう?」

水野が安積を見た。質問をバトンタッチするという意味だ。

安積は言った。

「銀座のベティという店をご存じですか?」

「ええ。知っています。たまに飲みに行きます。ベティがどうかしましたか?」

「そこの常連客の方がお亡くなりになりまして……。それで、お店の常連の方にお話をうかがって回っているのです」

「そうですか。では、どうぞこちらへ」

個室に案内された。インテリアはいかにも高級そうだった。黒い革張りのソファに、重厚なローテーブル。

奥の壁には、巨大なカラオケのスクリーンがあった。

久志木が奥に座り、安積と水野は出入り口近くに並んで座った。

「何かお飲みになりますか?」

久志木が尋ねたので、安積はかぶりを振った。

「いいえ。けっこうです」

すると、久志木が言った。

「戸沢という方ですか?」

「え……?」

安積は思わず聞き返していた。向こうから戸沢の名前が出るとは思わなかった。動揺を表情に出すまいとして、安積は言った。

「戸沢さんをご存じですか？」

「いいえ。直接お話ししたことはありません」

「では、どうしてその名前を……？」

「報道で名前を知りました。常連同士で、話したことはないが、名前くらいは何となく知っていたので、ベティの従業員に確認しました。驚きましたよ。殺人だそうですね」

「ベティの誰《だれ》に確認したのですか？」

「君香というホステスです」

久志木は、淡々と淀《よど》みなくこたえる。

「何かお心当たりはありませんか？」

「心当たりとおっしゃいますと……？」

「戸沢さんが殺害されたことについてです。どんなことでもいいんです。戸沢さんの様子が変だったとか……」

久志木は表情を変えぬまま、かぶりを振った。

「話したことがなかったと申し上げたでしょう。戸沢さんのことを気にしたこともありませんでした。様子がおかしいかどうかなんて、私にわかるはずがありません」

「何か噂《うわさ》を聞かれたことはありませんか？」

「噂？　戸沢さんの噂ですか？」

「ええ」

「いいえ、聞いたことはありませんね」

「先ほどお名前が出た君香さんですが……」

「はい」

「お店で彼女と揉めたことがあったそうですね」

それでも、久志木の表情は変わらない。

「そんなことまでご存じなんですか？」

「我々は、どんなことも聞き逃すまいとするんです。たいていは役に立たない話ですが……」

「じゃあ、私の話もお役には立てそうにないですね。お恥ずかしい話ですが、私が勝手に、約束したものだと思い込んでしまったのですよ」

「約束……」

「お店が終わった後……、いわゆるアフターですね、付き合ってくれるものと思っていたのですが、君香は現れませんでした」

「待ち合わせの場所に来なかったということですか？」

「そうです」

「待ち合わせの場所というのは？」

久志木は、ホテルの名前を言った。

猪狩が言っていたとおり、ビジネスホテルだった。

久志木は包み隠さずに話す。しかも、まったく淀みがない。落ち着き払っている。それが逆に不自然だと、安積は思った。

誰でも、刑事が訪ねてくれば、多少は緊張したり、不安そうな態度を見せるものだ。久志木には、まったくそういう様子がない。

まるで、警察の訪問を予想していたようだ。そして、そのことを何とも思っていないように見える。

安積がしばし考え込んでいると、水野が言った。

「ビジネスホテルですか……。久志木さんなら、もっと豪華なホテルを選びそうなのに……」

それでも久志木の表情は変わらない。

「あまり人に見られたくなかったので、シティーホテルは避けました。銀座にはラブホがないですし……」

ラブホというのは、ラブホテルのことだ。

久志木は眉一つ動かさずにそんなことを言ったが、水野もまったく態度を変えない。

安積は質問を再開した。

「事業は、ずいぶんと成功なさっているようですね」

「ええ。最初はしがないカラオケスナックでしたけど、たまにDJを入れたイベントなんかやるとけっこう評判になりましてね。渋谷という土地柄でしょうか」

「芸能界にも進出されるという噂を聞きました」

「はい。いずれはそっち方面にも手を広げるつもりです。夢だったんですよ」

「夢……」

「子供の頃、芸能界に憧《あこが》れていたんです。ああいう華やかな世界が好きだったんですね。今でもそれは変わりません。ですから、店も豪華にしたいんですよ。それでいて、若者向けに価格をできるだけ抑える。それがうまくいきました」

「なるほど……。ここは三号店なんですね？」

「そうです」

「渋谷の中で物件を見つけるのは、たいへんだったんじゃないですか？」

「おっしゃるとおりです。手頃な物件はなかなか見つかりません。こちらの条件に合っていても、値段が折り合わなかったり……」

「それについて、トラブルはありませんでしたか？」

もしかしたらこの質問に、久志木は反発するのではないかと、安積は思った。戸沢のことを訊《き》きにきたと言っておきながら、久志木本人のことを質問しているからだ。

しかし、それでも久志木は顔色を変えなかった。

「トラブルはいろいろありましたよ。でもね、そこは我慢ですよ」

「我慢？」

「そうです。キレたらそれで終わりじゃないですか。交渉事は辛抱強くやるものです」

なんだか、説教をされているような気分になってきた。

「相手がどうしても交渉に応じないこともあるでしょうね？」

「そのときは、潔くあきらめます。私のビジネスの基本は、こだわらないことです」

「ここは賃貸ですか？」

「ええ。そうです」

「ここを手に入れるときは、すんなりと契約できたんですか？」

「条件のすり合わせは必要でしたよ。何せ、渋谷の繁華街ですよ。なかなかすんなりとはいきません」

何を尋ねても、久志木の表情は変わらない。彼は自信があるのだろう。自分は決して捕まらないという自信だ。

おそらく、戸沢殺害の実行犯は久志木ではない。だから、トカゲの尻尾《しっぽ》切りで、実行犯を切り捨てて、自分は生き残るつもりなのだ。

彼は今までそうやって生きてきたのだろう。恐喝事件のときに、畑中と藤田を自分の身代わりで刑務所に送った。

だが、今回は恐喝などとは訳が違う。殺人事件なのだ。絶対に逃がしはしないと安積は思った。

すると、久志木が言った。

「他に何か、お訊きになりたいことはありますか？」

安積は水野の顔を見た。

水野が尋ねた。

「御社の役員で、畑中さんとおっしゃる方がいらっしゃいますよね？」

「ええ。畑中はわが社のＧＭです」

「ジーエム？」

「ゼネラルマネージャーです。それが何か？」

「畑中さんも、よくベティにいらっしゃるのですか？」

久志木は静かにかぶりを振った。

「いえ、畑中は行ったことはないと思いますが……」

「役員なのに、いっしょに飲んだりはなさらないのですか？」

「私は、仕事とプライベートははっきりと分ける主義です。部下を飲みに誘うことはありません。もちろん、いっしょに飲みたいと言われれば断りませんが……」

「畑中さんがベティに行ったことがないというのは確かですね？」

「私の知る限りでは、ありません」

畑中は、少なくとも、戸沢のことを従業員に尋ねている。だから、久志木は嘘《うそ》をついていることになるのだが、「私の知る限り」と予防線を張っている。

水野が安積を見てうなずいた。

安積は協力の礼を述べ、久志木の店を出た。

20

臨海署の捜査本部に戻った安積を、滝口管理官以下、係長たちが待ち構えていた。

滝口管理官が安積を見て言った。

「おう。久志木はどうだった？」

「何でも訊かれたことにすらすらとこたえました」

「ほう。協力的だったということだな」

「ただし、こたえた内容はいずれも、我々が知っていることばかりでした」

「そうか」

「プレッシャーをかけに行ったつもりでしたが、こちらがプレッシャーを感じそうでした」

「安積係長にプレッシャーを？　そいつはたいしたやつだな」

水野が付け加えるように言った。

「終始、態度は穏やかだったんですが、おそろしく冷ややかな眼をしていました」

滝口管理官が言った。

「何かあれば、踏み込ませるつもりだった」

「え……？」

安積は聞き返した。「捜査員が近くにいたということですか？」

「久志木を監視する必要があるという話だっただろう。だから、安積係長たちが出掛けてから、張り込み班を組織して、久志木の店の三店舗に配置したんだ」

「それは、早く教えてもらいたかったですね」

「久志木と会っている最中に、電話もできないだろう」

「今も久志木には監視がついているんですね？」

「ああ。そっちのほうに捜査員を重点的に振り分けているからな」

そのとき電話が鳴り、連絡係が大きな声で言った。

「葛飾署からです。久賀好子が誘拐されそうになったと……」

「久賀好子……？　誰だっけな……」

そう言ったのは、滝口管理官だった。

安積はこたえた。

「猪狩を匿《かくま》っている女性です」

「何だと。それが誘拐されそうになったというのは、どういうことだ」

安積も驚いていた。

安積だけではない、その場にいたすべての人間が、その知らせに驚いた様子だ。

滝口管理官が受話器を取った。電話の向こうは広田係長だろうか。あるいは浅虫課長かもしれない。

話を聞き終え電話を切ると、滝口管理官は言った。

「誘拐は未遂で、久賀好子に怪我《けが》はないそうだ。拉致《らち》しようとしたやつらの身柄を、葛飾署が押さえた。とにかく、詳しい事情は今から調べるということだ」

安積は言った。

「葛飾署に行ってきます」

「ああ、頼む。水野もいっしょに行ってくれ」

安積と水野は、すぐに捜査本部を出た。

葛飾署に着いたのは、午後十時五十分頃のことだ。

「いやあ、警戒していてよかったよお」

広田係長が、安積と水野を見るなりそう言った。

安積は尋ねた。

「どうして久賀好子が誘拐されそうになるなんて事態に……」

「油断してたんだねえ。猪狩はあれからずっと、久賀好子のマンションに潜んでいたんだけどねえ……」

「猪狩がマンションでじっとしている限り、誰にも気づかれないはずです」

「ずっと籠《こ》もっているのは辛《つら》いからねえ。退屈だろうし。それで、猪狩は久賀好子に頼んだんだよお。お気に入りの服や釣り雑誌なんかを取りに行ってくれって……」

「猪狩の自宅に……」

「そう。そこを見張っていたやつらが久賀好子を連れ去ろうとした。でもねえ、うちの署員が久賀好子を尾行していたからねえ。それで、現逮だよ」

「猪狩の自宅を張っていたというのは……」

「もちろん、久志木の仲間さあ。畑中を捕まえたよお」

安積は一瞬、言葉を失った。

水野と顔を見合わせると、安積はすぐに捜査本部に電話をした。

「滝口だ。どうした？」

「久賀好子を誘拐しようとしたのは、久志木の仲間でした。畑中らを現行犯逮捕したということです」

「どういうことだ？　畑中たちは久賀好子のことを知っていたということか？」

「彼女は、猪狩の自宅に荷物を取りに行ったのだそうです。張り込んでいた畑中たちは、彼女が猪狩の関係者だと知り、猪狩の居場所を聞き出すために誘拐しようと考えたのでしょう」

安積の言葉を聞いている広田が、何度もうなずいている。安積の考えているとおりだと言いたいのだろう。

「畑中の身柄が取られたことを知ったら、久志木は逃走するかもしれないな。逮捕状を請求しよう」

「久志木と戸沢殺害を関連付ける物的証拠がまだありませんが……」

「とにかく、請求してみるさ。今ある状況証拠だけで、判事を説得できるかどうかやってみる。そっちは、畑中を取り調べて、とにかく戸沢殺害について聞き出すんだ」

「わかりました」

電話が切れた。

安積は広田係長に言った。

「今、取り調べの最中ですか？」

「ああ。うちの係員たちが総出でかかっている。畑中を取り調べているのは、北原と白井だよ」

「畑中以外に、身柄確保したのは何人ですか？」

「二人だ。佐田俊樹《さだとしき》、二十三歳と、野末定夫《のずえさだお》、二十三歳。畑中の弟分だろうけど、まだ詳しいことはわかっていない」

安積は水野に言った。

「本部の暴対課に何か記録があるかもしれない。石津に問い合わせてくれ」

「了解しました」

安積は、畑中がいる取調室に、広田係長といっしょに行ってみた。広田係長が言ったとおり、北原が取調官、白井が記録係をやっていた。

取調室の中は狭く、余分な椅子《いす》など置いていない。北原が立ちあがり、記録席のそばに行った。

安積が被疑者の正面に座り、その脇《わき》に広田係長が立った。

安積は畑中を初めて見る。若いのに、いっぱしの悪党面をしていた。眼に険がある。安積は言った。

「東京湾臨海署の安積といいます」

畑中はふんと鼻で笑った。

「誰だろうと、しゃべる気はないですよ」

久志木と比べると貫禄《かんろく》がない。だが、並のチンピラよりはずっと凄《すご》みがある。半グレというのは面倒な連中だと、安積は思った。彼らは、ヤクザも警察官も恐れない。

「あなたはゼネラルマネージャーだそうですね？」

畑中は、そっぽを向いたままこたえない。安積はさらに言った。

「事実を確認しているだけです。こたえていただけませんか？」

畑中が、横を向いたまま言った。

「何か言ったら、それを裁判で使われるかもしれないんでしょう？　じゃあ、うかつなことは言えませんよ。弁護士を呼んでくれって言ってるんです」

「弁護士が来る前に、少し話を聞かせてください。あなたは、久賀好子さんを連れ去ろうとしました。それはなぜです？」

畑中がまた口を閉ざす。

「誰かに命じられてやったのですか？　それとも、あなたの独断ですか？」

畑中の表情は変わらない。どこか人をばかにしたような態度だ。

「あなたが本当に連れ去りたかったのは、久賀好子さんではなく、猪狩修造さんなのではないですか？」

無言が続く。きっと畑中は、どうすればこの窮地を脱することができるか、必死に考えているはずだ。

広田係長が言った。

「あんた、以前、恐喝で捕まってるよねえ。今度は略取誘拐未遂だ。間違いなく実刑だよねえ。弁護士だってどうしようもないよお」

畑中は、この言葉でさらに追い詰められたはずだ。だからといって、警察に泣きつくようなやつではない。

このままでは埒《らち》が明かないな。安積は、何かこちらが有利になる材料はないかと考えた。

「もしかして、久志木社長が助けてくれると考えているのですか？」

安積は言った。「そうなら、それは間違いです。久志木さんにも、どうすることもできないんです」

久志木の名前を聞いて、畑中はほんの少しだけ動揺したように見えた。彼はやはり久志木を恐れているのだろう。

警察よりも久志木のほうが恐ろしいと考えているのだ。その恐怖心のせいで、彼は何もしゃべろうとしないのだ。

広田係長が言った。

「あんたはヘマをやったんだよねえ。猪狩の自宅の前から女性をさらおうとするなんて……。警察が見張っているとは思わなかったのお？　ヘマをやった者を、久志木はどう思うかねえ？　藤田毅郎って、あんたの仲間だったんだろう？　誰かにボコられて、今半身不随なんだって？　かわいそうに……。それって、久志木がやったんじゃないの？　あ、そうか。実際に手を下したのは、もしかして、あんたなのかなあ」

畑中は、今度は明らかに動揺した。

広田係長は、被疑者の気持ちを揺さぶるのがうまい。挑発するのは、取り調べの常套《じようとう》手段だ。

安積がそれを受けて言った。

「すべてを話したほうがいい。警察に隠し事をすると、ろくなことにならない」

畑中は相変わらず、嘲《あざけ》るような表情をしている。おそらく演技なのだろうが、それができるということは、まだ心が折れていない証拠だ。つまり、まだまだ彼は落ちない。

畑中が落ちない限り、久志木を逮捕することは難しい。

充分に揺さぶりはかけた。あとは、しばらく彼自身で考えさせたほうがいい。安積はそう思って言った。

「しばらく休んでください」

安積が立ちあがると、広田係長が先に取調室を出た。安積が出ると、北原と白井も後に続いた。

廊下に出ると、広田係長が言った。

「身柄は押さえたんだから、じっくりやろう」

安積は言った。

「時間との勝負だと思います。おそらく久志木はまだ、畑中たちが捕まったことを知りません。でも、それを知ったとたんに逃走を試みるかもしれないのです」

「うーん……。逮捕後四十八時間以内に送検しなけりゃならないしなあ……。現時点では誘拐未遂の容疑だけだし……」

「俺は、畑中たちが戸沢殺害の実行犯だと考えています」

「そりゃ、俺だって同じことを考えているよお。とにかく、何か証拠を見つけなけりゃあねえ……」

四人が生活経済係に戻ると、水野が言った。

「あ、係長。今、誘拐未遂の経緯を聞いていたんですけど、畑中たちは久賀好子さんを車に押し込めようとしたようです」

「そうだろうな。車がなければ誘拐は難しい。どんな車なんだ？」

「黒のランドクルーザーだということです。これ、村雨さんたちに当たってもらったらどうかと思うんですが……」

「ビデオ解析班か。そうだな」

話を聞いていた広田係長が尋ねる。

「ビデオ解析班に車のことを……？」

安積は説明した。

「事件当日、現場付近を走行していた車両の種類を特定しているんです」

「そいつはいいねえ。すぐに車の写真を用意するよ」

安積は水野に言った。

「その写真を村雨に送ってくれ」

「はい」

「その後、石津から何か言ってきたか？」

「佐田俊樹と野末定夫について、知っている捜査員がいました。どちらも、久志木の店に出入りしている若者らしいです」

「わかった」

安積がうなずいたとき、女性警察官が部屋にやってきて、広田係長に向かって言った。

「久賀好子さんから詳しく話を聞けました」

広田係長が目を丸くした。

「今までかかってたのお?」

「久賀さんが落ち着かれるのを待っておりました」

彼女は制服を着ている。地域係だろう。女性警察官の手が足りないので、助《すけ》っ人《と》を頼まれたに違いない。

「それで……?」

広田係長が促すと、彼女は話し出した。

「猪狩修造さんの自宅に、荷物を取りに行き、家を出て鍵《かぎ》を閉めようとしたときに、突然男たちに捕まったのだそうです」

「ああ、それは、現逮した捜査員たちの言っていることと一致しているなあ」

「男たちは、久賀さんを捕まえると、こう尋ねたそうです。猪狩の知り合いか。猪狩はどこにいる、と……」

「お……」

広田係長が再び目を丸くする。「畑中たちの口から猪狩の名前が出たということだねえ。つまり、やつらの目的が猪狩だったということがはっきりしたわけだ。おまえさん、お手柄だよお」

制服姿の女性警察官は、わずかに顔を紅潮させた。

「供述書に拇印《ぼいん》をもらってあります」

「ご苦労さんだったねえ。助かったよ」

彼女は一礼して去っていった。

広田係長が言った。

「さあて、これで一つ、畑中を責める材料が見つかったよねえ」

安積はうなずいた。

「そうですね」

それからほどなく、水野の携帯電話が振動した。

「村雨さんからです」

彼女は村雨からの知らせを聞き、電話を切ると安積たちに告げた。

「車がヒットしました。黒のランドクルーザーがビデオに映っていました」

「同じ車だということを特定できるのか？」

「交機隊の那珂君に確認してもらったところ、オプションのシルバーのルーフレールがついているそうです。つまり、同一の車である可能性が極めて高いということです」

広田係長が聞き返した。

「シルバーのルーフレール……？」

それにこたえたのは、白井だった。

「屋根の上に取り付ける部品です。サーフボードやスキーなんかを縛りつけるのに使ったりしますね」

水野がさらに言った。

「押収したランドクルーザーのナンバーをNシステムにかけているそうです。もしかしたら、事件当日、現場付近でヒットするかもしれません」

広田係長が言った。

「それがヒットしたら、畑中が戸沢殺害の実行犯だという線がかなり確実になるなぁ……」

安積は水野に尋ねた。

「Nシステムはどれくらい時間がかかるかな……」

「データベースを参照するだけだから、そんなに時間はかからないでしょう」

「しかし、問題は時刻だな……」

安積は時計を見た。もうじき午前零時だ。

広田が言った。

「日をまたいで取り調べなんかやったら、問題になりかねない。最近、人権にうるさいからね」

「うるさかろうがなかろうが、人権には留意しなければなりません」

安積がそう言うと、広田係長が笑った。

「それ、マジで言ってるんだよね」

「無茶なことをすると、証拠能力を失いかねませんから……」

「わかってるよお。俺もそういうことはちゃんとしなきゃと思ってるよ。ただ、警察内部でなかなか人権のこととか、言うやつはいないよねえ」

そうかもしれない。

安積は言った。

「取り調べの続きは、明日の朝にしましょう」

「わかったよお。そうしよう」


日付が変わり、午前零時三十分頃、再び村雨から水野あてに電話があった。

水野が電話の内容を告げた。

「さすがに、犯行現場付近にはNシステムは設置されていなかったそうです」

広田係長が肩をすくめて言う。

「そうかあ。まあ、しょうがないねえ」

水野の報告が続いた。

「しかし、八月二十一日の午前一時四十二分に、レインボーブリッジで当該車両がヒットしています」

安積は言った。

「レインボーブリッジは、犯行現場とかなり近いな。そして、八月二十一日の午前一時四十二分というと……」

水野が言う。

「戸沢の死亡推定時刻と一致します」

安積と広田係長は、顔を見合わせて互いにうなずいていた。

21

「俺《おれ》たちは、捜査本部に戻ります」

安積がそう言うと、広田がのんびりした口調で言った。

「ちょっと休んだほうがいいんじゃないの？　取り調べ再開は夜が明けてからだし、それまで事態は動かんよ」

「管理官たちと話をしないと落ち着きません。そういう性分なんです」

広田が笑みを浮かべる。

「わかったよお。俺もいっしょに行こう」

「いっしょに？　なぜです？」

「俺もそういう性分なんだよお。それに、車があったほうが楽だろう？」

「たしかに、車はありがたいです」

「おい、白井。臨海署まで運転してくれ」

若い白井は疲れも見せずに、「はい」と言ってすぐに立ち上がった。

東京湾臨海署に到着したのは、午前一時十五分頃《ごろ》のことだった。

安積の姿を見ると、滝口管理官が言った。

「おう、話は聞いたぞ」

それに続いて、栗原係長が言う。

「ビデオ解析した甲斐《かい》があったな」

安積はこたえた。

「Nシステムの結果を合わせて考えると、防犯カメラに映っていたのは、畑中の車と見て間違いないでしょう」

滝口管理官が言った。

「死体を遺棄した証拠だ」

それから、滝口管理官は広田係長と白井を見て言った。

「ん……？　二人は葛飾署だよな？」

広田がこたえた。

「捜査の行方が気になって、安積係長についてきましたあ」

「そうか」

「畑中が久賀好子を誘拐しようとしたとき、畑中が、猪狩はどこだと言ったそうですよお。それを聞き出したのは、うちの署の地域課係員なんです」

「その話も聞いた」

滝口管理官が言う。「お手柄だったな」

「ええ、そう言ってやりましたあ」

すると、相楽が言った。

「つまり、畑中は、猪狩や和久田も狙《ねら》っていたということですね。それだけの材料がそろえば起訴できるんじゃないですか？　さっさと送検しちゃどうです？」

すると広田係長は目を丸くした。

「刑事は被疑者を落としてナンボだよお。検察に丸投げすると、戸沢のときみたいに痛い目にあうよ」

相楽は聞き返した。

「痛い目にあったんですか？」

「俺はそう思っているんだよお」

相楽は何も言わず、思案顔でうなずいただけだった。

安積は滝口管理官に尋ねた。

「久志木の監視はどうですか？」

「動きはない。まだ三号店にいるらしい」

栗原係長が補足するように、安積に言った。

「働き者だよな。こんな時間まで店にいるなんて……」

それに対して相楽が言った。

「宵っ張りなだけでしょう。反社のやつらは夜活動しますからね」

滝口管理官が言った。

「久志木の監視をしている連中からの知らせを待つとしよう」

栗原係長と相楽が係長席に向かったので、安積は、広田係長と白井に言った。

「俺たちもあちらへ行きましょう。椅子《いす》を用意します」

その言葉を受けて、水野が安積の席のそばまで椅子を二つ持ってきた。

須田はまだパソコンの画面を見つめていた。席に着くと安積は、須田に声をかけた。

「何か見つかりそうか？」

「あ、係長。ええとですね……。なかなか目ぼしい情報は見つかりません」

「相楽が言ったとおり、起訴できるだけの材料はそろったと思う。そろそろ終わりにしていいぞ」

「もう少しだけ頑張ってみます。村雨たちビデオ解析班も結果を出しましたし……」

「おまえ、村雨に対抗心を燃やしているのか」

須田はにやにやと笑った。

「やだな、係長。俺、対抗心なんて持ってないですよ。ただ、村雨がいい仕事をしたんで、俺も頑張ろうって……」

「それを対抗心というんじゃないのか？」

須田は笑みを浮かべたまま、パソコンに眼《め》を戻した。

広田係長が大きなあくびをしたのは、午前二時頃のことだった。

それを見た相楽が言った。

「ただ待つだけというのは、退屈ですよね」

広田係長がこたえる。

「いやあ、退屈なわけじゃないよ。ただ眠いだけだ」

広田係長は捜査本部にいて退屈するような人じゃない。安積は今のやり取りを聞いて、そう思っていた。

午前三時になろうという頃、警電が鳴った。

受話器を取った連絡係が大声で告げた。

「張り込み班からです。久志木が店を出たということです」

滝口管理官が即座にこたえる。

「職質をかけろ」

連絡係がそれを伝えて電話を切った。

栗原係長が滝口管理官に言った。

「身柄を取りましょうか？」

滝口管理官は難しい表情で言った。

「いや。様子を見よう。逮捕状もまだ下りていない」

当番の判事が、久志木の容疑について、まだ納得していないということだろう。

再び、警電が鳴った。張り込み班からだ。職務質問をすると、久志木は帰宅するところだとこたえたという。

捜査員たちは、身柄を拘束せず、尾行をしているという。三号店を監視していた四人がすべて尾行に回ったようだ。

滝口管理官が尋ねた。

「久志木の自宅はどこだ?」

栗原係長がこたえる。

「麻布《あざぶ》十番のマンションです」

「応援を送れ」

「了解しました」

捜査員四名を、麻布十番に向かわせた。尾行をしている捜査員と合わせると、八人ということになる。

安積は栗原係長に尋ねた。

「張り込み班は、車両を使っているのですか?」

「一台持っていっている」

「久志木が車で移動したら、その車両で尾行できるわけですね?」

「ああ、そういうことだ」

それから、約二十分後、今度は無線機で張り込み班から連絡があった。車の中なのだろう。

「対象者はタクシーで移動。車両で追尾。麻布十番の自宅マンションに到着」

栗原係長が無線機に駆け寄り、マイクを取った。

「応援の捜査員が向かっている。連絡を取ってくれ」

「了解」

「対象者の様子を知らせ」

「自宅に向かった模様……。あ……」

無線が途絶えた。

栗原係長がマイクに向かって言う。

「どうした？」

ややあって返答があった。

「対象者は、自宅には戻らず、駐車場に向かった模様」

滝口管理官が大声で言った。

「車で逃走するつもりかもしれない。身柄を押さえろ」

栗原係長は無線でそれを伝えた。

無線から捜査員の声が流れてくる。

「対象者が車を出した。銀色のポルシェ。飯倉片町《いいぐらかたまち》方面に走行。車で追います」

「ポルシェだって……」

相楽がつぶやくように言う。「覆面車に勝ち目はないぞ」

安積は電話を取り出した。ダメ元でかけてみよう。そう思って、速水の携帯電話にかけた。

寝ているかと思ったら、呼び出し音一回で出た。

「何だ？」

「被疑者がポルシェで逃走したらしい。捜査車両じゃ手に負えない」

「ついてるな、係長。俺の小隊が当番だ」

「ポルシェは、麻布十番から飯倉片町方面に向かっている。無線を聞いてくれ」

「捜査専務系だな。チャンネルは？」

安積は、係員に周波数を訊《き》いて、それを速水に伝えた。

「任せろ」

電話が切れた。

その後も絶え間なく、無線から捜査員の声が流れてくる。

「当該車両、直進。六本木二丁目交差点を通過」

「そのまま直進。溜池《ためいけ》に向かっています」

そのとき突然、無線に別の声が飛び込んできた。

「一交機1、開局。当該車両を追う」

間違いなく、速水の声だ。

滝口管理官が声を上げる。

「なんで、交機隊が……」

安積がこたえた。

「私が応援を頼みました。勝手なことをして申し訳ありません」

滝口管理官がこたえた。

「いいさ。使えるものは何でも使えばいい。しかし、交機隊がよく引き受けてくれたな」

「物好きな小隊長がいまして……」

無線からまた捜査員の声が流れてきた。

「当該車両、霞《かすみ》が関《せき》から首都高に入る模様」

すぐに、速水の声が聞こえる。

「一交機1、了解。霞が関入り口に向かう」

「張り込み班も追ってますが、追尾しきれません」

「こちら一交機1。当該車両を視認。あとは任せろ」

それからしばらく無線が沈黙した。

「どうなってるんだ……」

独り言のように、滝口管理官がつぶやいた。

安積はこたえた。

「交機隊は、普段使っている交通専務系で連絡を取り合っているのだと思います」

「ポルシェを捕まえられるかな……」

「交機隊ならやれるでしょう」

午前三時四十分頃のことだ。無線から、速水の声が響いた。

「こちら一交機1。当該車両を都心環状線上で確保。繰り返す。当該車両を確保」

それに、張り込み班の捜査員が応じる。

「そちらに向かう。現在地を知らせ」

速水がそれにこたえる。

栗原係長が、興奮を抑えながら無線のマイクに向かって言った。

「被疑者の身柄を、臨海署に運べ」

「張り込み班、了解」

滝口管理官が栗原係長に確認する。

「久志木を確保したということだな？」

「はい。交機隊のおかげですね」

滝口管理官が安積に言った。

「機転をきかせてくれたからだな。お手柄だ」

「思いつきが功を奏しました」

滝口管理官が安積に向かってうなずいてから言った。

「久志木の身柄が届く。本番はこれからだぞ。やつの犯行を明らかにしなければならない」

それを受けて、栗原係長が言った。

「取調室を用意してくれ。こうなったら、夜明けを待つとか言っていられない。身柄が到着し次第、取り調べを始める」

滝口管理官が言う。

「取調担当官を決めてくれ」

栗原係長が、安積を見て言った。

「頼めるか？　渋谷で久志木と会っていることだし……」

安積はうなずいた。

「了解しました」

すると相楽が言った。

「自分が記録係をやりましょう」

安積は「頼む」と言った。

午前四時二十分頃、久志木の身柄が到着したという知らせが入った。安積と相楽は、取調室に移動した。

捜査員たちが久志木を連れてやってきた。速水ら交機隊は姿を見せなかった。彼らは夜明け前の町の巡回に戻ったのだ。

久志木は安積を見ても表情を変えない。机を挟んで向かい合うと、安積は言った。

「氏名、年齢、住所、職業を教えてください」

久志木は逆らわずにこたえた。

「あなたは、自宅マンションに戻ると、すぐに車に乗ってどこかに出かけようとしましたね。どこに行くつもりだったのです?」

「ドライブですよ。仕事が終わって、ストレス解消のためにドライブをすることがよくあるんです」

「店を出たところで職務質問されたとき、あなたは帰宅するとおっしゃったのですね?」

「言いました」

「なのに、すぐに車で出かけたわけですね?」

「ですから、ドライブですよ。マンションに戻ったのだから嘘《うそ》をついたわけじゃありませんよ。高速道路上でいきなりパトカーに停《と》められて、何事かと思いましたよ」

「車で逃走されては面倒なことになりますので……」

「逃走? なぜ俺が逃げなきゃならないんです?」

「畑中ら三名が、略取誘拐未遂容疑で逮捕されました。畑中は、あなたの店のゼネラルマネージャーでしたね?」

「略取誘拐……? それはいったい何の話です?」

「事情はご存じなのではないですか？　それであなたは逃走しようとなさった。そういうことでしょう」

「わかりませんね。畑中が逮捕されたからといって、どうして俺が逃げ出さなきゃならないのですか？」

「畑中は、久賀好子さんという女性を誘拐しようとしました。久賀さんは、猪狩修造さんの知人です。誘拐しようとしたとき、畑中は『猪狩はどこにいる』と久賀さんに尋ねたそうです」

久志木は怪訝《けげん》そうな顔をする。

「いったい、何の話をされているのですか？」

本当に戸惑っているように見えた。たいした演技力だと、安積は思った。

「つまり、畑中の目的は久賀さんではなく、猪狩さんだったということです。猪狩修造さんをご存じですね？」

久志木は戸惑った表情のままこたえた。

「いいえ、知りません」

「猪狩さんは戸沢さんの友人です」

「戸沢……？　あの、殺された……」

「そうです。戸沢さんのことはご存じでしたね」

「ええ。何度かベティでお見かけしました」

「それだけではないはずです」

「戸沢さんは、あなたに詐欺をはたらいたのです。そして、猪狩さんはその詐欺の仲間でした」

「詐欺……？　私が詐欺にひっかかったというのですか？　そんな覚えはありませんが……」

「あなたは、七月二十七日の午後九時頃、ベティで君香というホステスと揉《も》め事を起こされた」

久志木が苦笑する。

「お恥ずかしい……。そのことはもうお話ししましたよね」

「店の営業が終了した後、君香さんが来ると思い、あなたはホテルで待っていた……。そうですね？」

「ええ。俺の勘違いだったんですがね」

「それが詐欺だったのです。あなたはそのとき、誰《だれ》かにお金を払いましたね？」

「そうだったかな……」

「お金を渡した相手は、戸沢さんの仲間でした。猪狩さんだったかもしれませんね」

久志木はしばらく無言で考えていた。

「つまり、あなたがたはその詐欺を立件しようとしているわけですか？　それで、俺に協力しろと……」

　安積はその問いにはこたえなかった。

「本当は、その詐欺のことをご存じでしたね？」

「いいえ。知りませんでした」

「詐欺の首謀者が戸沢さんだということも知っていたはずです」

「いや。俺はただ勘違いをしただけですよ」

「畑中がベティにやってきて、戸沢さんのことをあれこれ尋ねたということです」

「畑中が何をしようと、俺は知りません」

　久志木はまったく動揺していないように見える。自分は罪に問われないという自信があるようだ。

「畑中は、あなたに命じられて、ベティで戸沢のことを調べたり、猪狩を捕まえるためにその知人の久賀好子さんを誘拐しようとしたのではないですか？」

「いいえ。そんな事実はありません」

　まあ、簡単には落ちないだろうな……。

　安積はそう思って腕を組んだ。

　久志木が言った。

「今、何時頃ですかね。そろそろ五時でしょうか？　さて、俺は帰らせてもらいますよ」

「そうはいかないんです」

「だって、これ、任意同行でしょう?」

「重要事件に関《かか》わりがあり、逃走の可能性がある場合は、身柄を拘束させていただきます」

「重要事件に関わりがある? 俺がですか?」

「はい。戸沢さん殺害にあなたが関係していると、我々は考えています」

「逮捕状もないのに、拘束はできないでしょう」

「逮捕状を請求していますので、緊急執行という形を取ります。逮捕状は後に改めて執行します」

久志木はあきれたような顔になって言った。

「そういうことなら、弁護士を呼んでください。すぐに放免になるはずですから……」

「我々は違法な捜査をしているわけではないので、弁護士にもどうすることもできないと思います」

「とにかく、弁護士と話をしない限り、俺は何もしゃべりません」

その言葉どおり、久志木はそれ以降口を開かなかった。

安積は取り調べを中断することにした。

22

午前五時二十分頃に捜査本部に戻った安積と相楽は、取り調べの経緯を滝口管理官に報告した。

「黙秘か」

滝口管理官が忌々しげに言う。安積はこたえた。

「あらかじめ用意したこたえは、ぺらぺらとしゃべりました。彼はまだ自分は捕まらないと信じているようです」

「たいした自信だな。だが、間違った自信だ。それをわからせなけりゃならない」

「弁護士はどうします？」

「呼ばないわけにはいかないだろう」

「では、手配させます」

話を聞いていた水野がすぐに手配を始めるのがわかった。

そこに、広田係長がやってきて言った。

「俺は、署に引きあげますよお。畑中の取り調べを再開しなけりゃなりません」

滝口管理官が言った。

「誘拐未遂の現行犯は、葛飾署の事案か……。だが、捜査本部とも関連している。うちからも誰か行かせよう」

安積は言った。

「私が行きます。一度話を聞いていますから……」

滝口管理官がかぶりを振った。

「おいおい。他の者に行かせて、少し休んだらどうだ?」

「だいじょうぶです。これくらいでぶっ倒れたりはしません」

広田係長が言った。

「俺たちが車で送り迎えしますし、決して無理はさせませんよお」

滝口管理官が安積に言った。

「わかった。行ってくれ」


白井の運転する車の中で、広田係長は終始無言だった。わずかな時間でも休息を取ろうということだろう。安積もそれにならうことにした。

はっと気づくと、葛飾署に到着していた。発車して間もなく眠りに落ちたらしい。時計を見ると、午前六時になろうとしている。

臨海署を出たのが五時半頃だから、三十分近くは寝たことになる。短時間だが睡眠の効果は抜群で、頭の中のもやが晴れたような気がした。

生活経済係の係員たちが、広田係長を待ち受けていた。広田係長が宣言した。

「午前七時から取り調べを再開する」

その言葉どおり、午前七時に畑中たち三名の取り調べを同時に始めた。畑中を担当するのは、安積と広田係長だ。記録係は北原だ。

広田係長は隣で腕組をして黙っている。安積に任せるつもりだ。

安積は畑中に言った。

「久志木の身柄を押さえました」

畑中は、表情を消し去った。動揺を表に出すまいと必死なのだと、安積は思った。

安積はさらに言った。

「午前三時二十分頃のことです。店から自宅マンションに戻った久志木は、そのままポルシェに乗って、逃走を図りました」

実は、逃走しようとしたのかどうかは明らかではない。だが、この際それはどうでもいいことだと、安積は思った。交機隊のパトカーとカーチェイスを演じて、身柄を確保されたという事実が重要なのだ。

畑中が落ち着きをなくすのが、はっきりとわかった。

ここが攻めどきだと思い、安積は言った。

「あなたは、ベティという銀座のクラブを訪ね、戸沢さんのことをしつこく尋ねたそうですね」

畑中は何も言わない。だが、追い詰められているのは明らかだ。

「どうなんです？」

安積が言うと、畑中がふてくされたような態度でこたえた。

「何だよ、それ。何の話だよ」

どうしていいかわからないときに、こういう態度を取るものだ。安積はさらに質問した。

「あなたは、猪狩さんを見つけなければならなかった。それは、あなたが銀座で戸沢さんのことを尋ねたのと関係があるのではないですか？」

「言ってることがわかんねえよ」

「久賀好子さんを誘拐しようとしたときあなたは、はっきりと『猪狩はどこだ』と尋ねたそうですね？」

「知らねえよ」

「それについては、久賀好子さんがはっきりと証言しているのです」

畑中がそっぽを向いた。彼はますます追い詰められているのだ。

「誘拐未遂のときに、あなたの車が押収されました。黒のランドクルーザーです。その車が、八月二十一日の午前一時四十二分に、レインボーブリッジ付近を走行していることが確認されました。そして、戸沢さんの遺体が発見された現場付近にある防犯カメラにも、同じものと思われる車両が映っていました。これは、戸沢さんの死亡推定時刻と一致するのです」

　畑中は動かない。

　安積は続けて言った。

「私の言っていることがわからないと言いましたね。では、わかりやすく言いましょう。あなたには、久賀好子さんに対する略取誘拐の容疑だけでなく、戸沢守雄さん殺害の容疑もかかっているということです。さらに、猪狩さんと和久田さんをも殺害しようと計画していましたね」

　畑中はあらぬ方向を向いたまま口を閉ざしている。

　安積は言った。

「その罪を一人でかぶるつもりですか？　略取誘拐未遂と殺人です。恐喝事件で罪をかぶったときとは訳が違うのです。それはあなたにもわかっているはずです」

　畑中の顔色が変わった。青くなったと思ったら赤くなり、再び青くなった。額に汗が滲《にじ》んでくる。

「久志木が恐ろしいのですね」

　畑中の顔色がますます悪くなる。

「あなたは思い違いをしています」

「思い違い？」

　畑中が口を開いた。聞き返さずにはいられなかったのだ。

「そうです」

「何をどう間違っているというんだ」

「司法制度のほうが、久志木よりも恐ろしいと思うべきです」

畑中はふんと鼻で笑った。

「司法制度なんて、どうってことねえよ」

「もう一度言います。恐喝と殺人では大違いなのですよ。それをよく考えることです」

畑中は再び口をつぐんだが、すでに虚勢を張る余裕はなくなっている様子だ。

安積は静かに言った。

「もう一度言います。久志木の身柄は確保しました。もう、彼を恐れる必要はありません」

畑中の額に汗が噴き出し、彼は鼻水を垂らした。これは、被疑者が落ちた瞬間であることを、安積はよく知っていた。

畑中は言った。

「久志木さんが捕まったって本当なんだな?」

「本当です」

「俺は……」

畑中はすがるように言った。「俺は、久志木さんに言われてやったんだ」

まるで別人のようだった。彼の顔は、汗と涙と鼻水にまみれていた。

安積は尋ねた。

「何をやったんです？」

「じじいをやったんだ」

「じじいというのは誰のことです？」

「戸沢だ」

「やったというのはどういうことです？」

「殺したんだ。やらなきゃ、俺が久志木さんに殺されてたんだよ」

「ベティに戸沢さんのことを訊きに行ったのはなぜです？」

「それも久志木さんに言われたんだ」

「久賀好子さんを誘拐しようとしたのはなぜです？」

「猪狩を探していた。家を見張っていたら、鍵《かぎ》を使って家に入った女がいたから……」

「なぜ、猪狩さんを探していたんですか？」

「それも久志木さんに言われたんだ。猪狩と和久田ってやつを見つけろって……」

「見つけてどうしろと……？」

「戸沢と同じだよ」

「殺すつもりだったということですか？」

「言っただろう。やらなきゃ、俺が久志木さんに殺されるんだ」

安積は、広田係長を見た。

広田係長は眠そうな顔で畑中を眺めていたが、やがて言った。

「戸沢さんをどこで殺したのかなあ？」

「やつの自宅近くで捕まえて、車に引き込んで、車の中で……」

「どうやって殺したんだあ？」

「首を捻《ひね》ったら死んだんだ」

「首を捻った……？　何か、そういう訓練を受けたことがあるのかねえ？」

「まさか……。映画か何かで見たんだ。顎《あご》と頭を持って、ぐいっと捻った。やった後で、本当に死ぬんだなって思った……」

軍事訓練を受けたわけでも、カイロプラクティックなどの技術があったわけでもなかった。映画やテレビ、ネット動画などで見たままやってみたということだ。

それで人が殺せてしまうのだ。警察官としては、聞き捨てならない話だと、安積は思った。

取調室を出ると、安積は広田係長に言った。

「畑中の供述を元に、久志木を攻めてみます」

「捜査本部に逆戻りだねえ。白井に車で送らせるよ」

「いや、もう電車が動いています」

「送り迎えをするって、滝口管理官と約束をしたからねえ。できるだけ、安積さんには無理をさせたくないんだよお。さすがに俺は、ちょっと休ませてもらうけどねえ」

車で送ってもらえるのはありがたかった。白井が運転する車に乗り込み、東京湾臨海署に向けて出発すると、安積は電話を取り出して捜査本部にかけた。

「畑中が落ちました」

すぐに電話の相手が滝口管理官と代わった。

「落ちたって？」

「戸沢殺害も、猪狩を見つけようと久賀好子を誘拐したのも、久志木に言われてやったことだと供述しました」

「よし、それを判事に伝えよう。今度こそ逮捕状が下りるだろう。今、どこだ？」

「車でそちらに向かっています。久志木の取り調べを再開するつもりです」

「わかった」

電話が切れた。

安積は、大きく息をついて目を閉じた。だが、先ほどのように眠りはしなかった。興奮状態にあるようだ。まったく眠気を感じていなかった。疲れすら吹き飛んだように思える。

東京湾臨海署に到着したのは、午前八時四十分頃のことだ。白井はそのまま車を運転して葛飾署に戻ると言った。

安積は礼を言って、捜査本部に向かった。すでに始業時間が過ぎていて、日勤の署員が働き始めている。警察署の日常のざわめきの中を進んだ。

安積の姿を見ると、滝口管理官が大声で言った。

「おう。ご苦労だった」

「久志木の逮捕状はどうなりました?」

「発行されたよ。受け取った捜査員が、今、こっちに向かっている。逮捕状が届いたら、それを執行してから、取り調べを始めてくれ」

「了解しました」

逮捕状が届いたのは、午前九時を少し回った頃だった。それを受け取り、安積は取調室に向かおうとした。すでに、久志木がそこにいるはずだった。

すると、相楽が言った。

「また付き合いますよ」

「頼む」

相楽も気合いが入っている様子だった。


久志木は、前回の取り調べのときと、まったく同じ態度だった。落ち着いていて、その表情には余裕すら感じられた。

チンピラのように反抗的な態度を取ったりはしない。背を伸ばし、まっすぐに安積たちのほうを向いている。

安積は立ったまま逮捕状を広げて掲げた。

「午前九時十三分。殺人の容疑で、逮捕状を執行します」

久志木の表情は変わらない。彼は逮捕状をじっと見つめると、つぶやくように言った。

「殺人……」

安積は、逮捕状を畳んで背広の内ポケットにしまった。

すでに相楽は記録席に着いている。安積は、机を挟んで久志木と向かい合い、座った。

久志木が興味深そうな眼差《まなざ》しを安積に向けている。安積が何を言い出すのか、楽しみにしているかのようだ。

安積は言った。

「そうです。殺人です」

「俺が誰かを殺したということですか？」

「戸沢守雄さんを殺害した疑いがあります」

久志木が薄笑いを浮かべて、かぶりを振った。

「警察がどうしてそういう誤解をしているのか、俺には理解できませんね。それとも、誰かの罪を俺に着せようとしているんですか？」

「誤解でも誤認でもないと、私は信じています」

「戸沢さんは、ベティでたまに顔を見かけるだけでした。それだけの関係です。なぜ俺が、戸沢さんを殺さなければならないのでしょう」

「戸沢さんたちが、あなたに対して詐欺をはたらいたからです。それについては、すでに説明しました」

「その詐欺ですが、立件されているのですか？」

刑事は被疑者からの質問にこたえる必要はない。こたえないことで、プレッシャーをかけることもある。

だがこの時、安積はこたえようと思った。久志木に駆け引きや隠し事は通用しないだろう。

「事件にはなっていません」

「そうでしょうね。だとしたら、俺が詐欺にあったという事実もないわけですね」

「その事実は間違いなくありました」

久志木は不思議そうな顔をした。

「じゃあ、どうしてその人たちを逮捕しないんです？　警察は犯罪者を逮捕せず、俺のように何の罪も犯していない者を逮捕するのですか？　それはどう考えても妙ですね」

久志木は弁が立つ。このまま議論に引き込まれたら、時間がいくらあっても足りないと、安積は思った。

「弁護士には会いましたか？」

「朝一番に来てもらって、つい先ほどまで話をしていましたよ」

「何も話すな……。弁護士はたいていそう言うのだと思いますが……」

「弁護士と話し合った内容について、お話しすることはできませんね」

久志木に話のペースを持っていかれてはならない。安積は、何とか攻めに転じようと考えていた。

「黙秘すべきなのに、こうしてあなたが話をしていることが意外なのです」

久志木は小さく肩をすくめた。

「世間話だと思っていますので」

「逮捕状の執行を、世間話だと……？」

「それについては、きっと弁護士が何とかしてくれるはずです。なにせ、俺が戸沢さんを殺したなんて事実はないんですから」

それはわかっている。彼が直接手を下したわけではないだろう。安積たちが立証したいのは、久志木が殺人の教唆犯《きょうさはん》であるということだ。

「殺害を実行したのは、畑中らです。彼らの身柄は葛飾署にあります」

「俺には関係ないことだと、何度も言いましたよね」

「あなたが指示したのではないですか？」

「俺が指示……？　いったい何を」

「戸沢さん、猪狩さん、和久田さんの三人の殺害を、です」

久志木は口を結んで、安積を見つめた。

沈黙が続いた。

黙秘するつもりだろうか。安積がそう思ったとき、久志木が言った。

「とんでもない言いがかりですね。弁護士ともう一度話をしなければなりません」

腹を立てた様子だった。だが、それすらも演技だろうと、安積は思った。

彼は、こうしている間も、どうしたらこの状況から抜け出せるか、必死に考えているはずだ。そして早晩、どんな考えも無駄だということに気づくはずだ。

「あなたに言われてやったと、畑中が証言しているのです。言うことを聞かないと、自分があなたに殺されると言っていました」

「畑中が何を言ったか知りませんが、俺は関係ありません。もし、俺を罪に問うというのなら、それは冤罪《えんざい》ですよ」

「あなたには動機があります。そして、畑中とあなたの関係を考えると、畑中の言うことは合理的だと判断することができます」

久志木は溜《た》め息をついた。

「言ったことを信じてもらえないのですから、何を言っても無駄ですね。俺は、もうしゃべりません。もう一度弁護士に会わせてください」

その言葉どおり、久志木はそれきり口を閉ざした。前回と同じだ。

安積は取り調べを一時中断することにした。

廊下に出ると、相楽が言った。

「畑中の証言をぶつけてもだめでしたね」

「ああ。最後の手札だったんだが……」

そこに、水野が駆け寄ってきた。

「あ、係長」

安積は尋ねた。

「どうした」

「須田君が、何か見つけたみたいなんです」

安積は相楽と顔を見合わせ、捜査本部に急いだ。

23

　久志木を留置場に連れていこうとしていた係員に、取調室に戻すように言い、安積たちは捜査本部に戻った。

　滝口管理官が安積に尋ねる。

「久志木はどうだ？」

「まだ落ちません。須田が何かを見つけたと言うので……」

「そうか」

　安積は係長席に行き、須田に尋ねた。

「何を見つけた？」

　安積の隣で、相楽も須田を見つめている。

　須田が言った。

「あ、係長……。あのですね、ネット上での発言ですから、ちゃんと裏を取らないといけないと思うんですが……」

「前置きはいい」

「あ、そうですね。ええと、『裏社会チャンネル』って知ってます？」

「知らない。ネットのことはよくわからない」

　すると、相楽が言った。

「闇《やみ》サイトだろう？　反社の情報が載ってる……」

「ええ、そうです。ダークウェブですから、一般の人はなかなか見ることができません」

「須田」

　安積は言った。「久志木を取調室に残したままなんだ。要点を頼む」

「すいません、係長。『裏社会チャンネル』は、反社の構成員が実名で書き込みをするというのが特徴でして……。そこに、サダオという名で投書がありました。その内容がこれです」

　須田は、プリントアウトを安積に手渡した。相楽が脇《わき》からそれを覗《のぞ》き込む。

　その紙には次のように書かれていた。

「久志木が舎弟に『ジジイ、殺せ』」

　須田は申し訳なさそうに言った。

「これだけなんですが……」

　安積は言った。

「実名で書き込みをすると言ったな？」

「ええ。サダオというのは実名だと思います。つまり……」

「野末定夫か」

相楽が聞き返す。「ああ、畑中といっしょに逮捕されたやつらの一人ですね」

安積はうなずいた。

「すぐに、葛飾署に連絡して裏を取ってもらう」

安積は、広田係長に電話をした。

「はあい。広田」

「もしかして、お休みでしたか?」

「まさか。働いてるよ。二時間ほど眠ったけどね」

安積は、サダオのダークウェブへの書き込みについて説明した。

広田係長は言った。

「わかったよお。すぐに野末定夫に確認してみるよお」

「お願いします」

電話を切って、十分後に広田係長が折り返しかけてきた。

「あっさり認めたよ。その書き込み、間違いなく野末定夫がしたものだったよ」

「つまり、野末は、久志木が畑中に戸沢さん殺害の指示をしたことを知っていたわけですね」

「そういうことだよねえ。そこんとこ今、聞き出して調書にしてるよお」

安積は礼を言って電話を切った。

「須田」

呼びかけると、須田はまるで叱《しか》られた子供のように目を丸くした。「でかしたぞ。この書き込みは決定的だ」

「え……。そうですか……」

「もう、久志木に言い逃れは許さない」

安積と相楽は再び、取調室に向かった。


しばらく取調室で待たせることになったが、久志木の態度は変わらなかった。余裕があり穏やかだ。

安積は尋ねた。

「野末定夫を知っていますね?」

久志木はこたえない。黙秘に方針を切り替えたのだ。

安積はかまわずに続けた。

「『裏社会チャンネル』という闇サイトがあり、野末定夫がそこにこういう書き込みをしていたそうです」

安積は、須田から受け取ったプリントアウトを久志木に示した。久志木は、スチールデスクの上の紙を見つめている。

おそらく驚いているはずだが、表情は変わらない。たいした自制心だと、安積は思った。しかし、顔色が変わっていた。動揺は隠しきれないのだ。

「久志木が舎弟に『ジジイ、殺せ』」

安積は、書き込みを声に出して読んだ。「そこに書かれている、舎弟というのは畑中のことで、ジジイというのは戸沢さん、猪狩さん、和久田さんの三人のことでしょう。それは、畑中の証言からも明らかです」

久志木は、紙を見つめたまま動かない。表情は変わらないままだが、額や鼻の頭がてかりはじめていた。発汗しているのだ。

久志木にも、これが警察の決定打であることはわかったはずだ。彼は、なんとか言い逃れしようと、必死に考えているのだ。

安積は言った。

「畑中はあなたを恐れていたようです。他の二人、つまり佐田俊樹と野末定夫もそうだったのでしょう。だから、彼らはあなたに従っていた。しかし、慕われていたわけではなかったようです」

久志木がゆっくりと眼《め》を上げて、安積に視線を向けた。ひどく不思議そうな顔をしている。

まるで安積の言うことが理解できないような表情だ。

やがて、その表情のまま久志木が言った。

「慕われる……？」

「そうです。彼らは後輩なんでしょう？」

「そんなこと、考えたこともなかったな……」

その言葉は、妙に素直な響きがあった。

安積は言った。

「恐怖で支配される者は、なんとかその状況から逃れようとするのです。畑中たちも、あなたの言いなりになりながら、いつか逃げ出したい、そう思っていたのでしょう。だから、野末定夫はこっそりと闇サイトに書き込み、あなたが拘束されたと知った畑中は、あなたに言われてやったと証言したのです」

久志木はなんとか平静さを保とうとしている様子だった。しかし、もはやそれは不可能だった。

激しい動揺は生理的な反応として現れる。それは抑えようがない。久志木は額に玉の汗を浮かべはじめていた。

眼が血走っている。単に追い詰められているだけではない。彼は怒っているのだ。激しい怒りだ。

反社会的な生き方をしている者たちはたいてい、怒りを抑えることができない。だから、そういう生き方しかできないのだとも言える。

暴力はいけないことだと、多くの人は言う。だが、暴力が世の中から決してなくなることはない。怒りを抑えることができない、あるいは抑えようとしない人間が、社会の中に必ず一定数存在するからだ。

彼らは、ソシオパス、つまり社会病質なのかもしれない。社会学的に、あるいは精神医学的に、それがどういうことなのかは問題ではない。

安積たち警察官にとって、間違いなくそういう人間が存在し、そして関《かか》わらなくてはならないのが現実なのだ。

久志木がそういう人々の一人であることに、早い段階から安積は気づいていた。

だから、彼は怒りで自滅するだろうと予想していた。須田が発見した野末定夫の書き込みが「決定打」となると確信した理由はそれだ。

安積は言った。

「あなたは、畑中に見捨てられたのです」

久志木の顔つきが変化していく。

青かった顔に朱がさしてくる。眼の充血がさらに増していった。

彼は絞り出すような声で言った。

「ふざけやがって……」

安積は、何も言わずに続く言葉を待った。

「あいつら、必ず殺してやりますよ」

「あいつらというのは、畑中たちのことですか？」

「俺を裏切ったらどういうことになるか、きっちりとわからせなけりゃならない……」

安積は尋ねた。

「戸沢さん、猪狩さん、和久田さんの三人を殺害しろと命令したのは、彼らがあなたを騙《だま》して恥をかかせたからですね」

「そうですよ」

久志木は怒りのためにぎらぎらと光る眼を安積に向けて言った。「相手が誰《だれ》だろうと、俺にふざけた真似《まね》をするやつは許しませんよ」

大物ぶっていても、これが久志木の限界だ。そう思いながら、安積は記録席の相楽を見た。

相楽は無言でうなずいた。

自供をしっかりと記録したという意味だった。

捜査本部に戻り、久志木が自供したことを滝口管理官に伝えると、捜査員たちの歓声が上がった。「おう」という低く抑制された歓声だった。

滝口管理官が言った。

「ただちに久志木の送検手続きだ。疎明資料を添えてくれ」

安積は言った。

「葛飾署に行ってきます。久志木が落ちたことを知らせないと……。畑中、佐田、野末の三人は、略取誘拐未遂の現逮ですが、畑中は戸沢さん殺害を自供していますから、殺人で起訴ということに……」

滝口管理官が、安積の言葉を遮って言った。

「わかっているから、とにかく安積係長は休め」

「は……？」

「もうどれくらい寝てないんだ？ あとは俺《おれ》たちがやるから、とにかく少し休め」

警察官になってから、「休め」などと言われた記憶があまりない。疲労が顔に出ているということなのだろうか。だとしたら、それだけ年を取ったということだろう。

「では、葛飾署に電話だけでもさせてください」

「ああ、そうしてくれ」

係長席に戻ると、栗原係長が言った。

「ご苦労だったな」

「須田が闇サイトの書き込みを見つけてくれたおかげです」

すると須田はすっかり困り果てたような顔で言った。

「書き込みの日付は八月十九日でした。戸沢さん殺害の前々日ですね」

安積はうなずいた。

「疎明資料にそのこともしっかり書いておいてくれ」

とたんに須田は、生真面目《きまじめ》な表情になる。

「ええ、係長。了解です」

安積は警電の受話器を取り、葛飾署にかけた。広田係長を呼び出してもらう。

「久志木が落ちました」

「おお、それはよかったねえ」

「畑中のこととか、こちらでやらなければならないのですが……」

「わかってるよお。捜査本部と連絡を取って処理するから、何も心配ないよお。とにかく、少し休んだらどうだあ？」

「同じことを、管理官から言われました。そんなに疲れた声をしてますか？」

「そうじゃないよお」

「そうじゃない？」

「放《ほう》っておいたら、安積さんは突っ走り続けるでしょう？　もう若くないんだから、死んじゃうよお。周りはそれを気づかっているんだよお」

「気づかってもらうほどの年じゃないと思いますが……」

「人間、知らないうちに年を取るのさ。なかなかそれに気づかないんだけどねえ。いや、気づきたくないのかなあ。だからさ、周りの人の言うことを聞いて、休まなきゃだめだよお」

「了解しました」

「じゃあねえ」

電話が切れた。

安積は、栗原に言った。

「ちょっと席を外します」

「ああ。ゆっくり休んでくれ」

席を離れようとするとき、水野が言った。

「あとは、私たちに任せてください」

安積は、うなずいて出入り口に向かった。


休むと言っても、帰宅できるわけではない。署の中で二時間ほど仮眠を取った。午後二時頃《ごろ》に捜査本部に戻ると、弁当が残っているというので、それを食べた。朝から何も食べておらず、ひどく腹が減っていたのだ。

食事を済ませると、上がってくる書類のまとめをやっている栗原係長を手伝った。

すべての作業が終わったのは、午後六時過ぎだった。

滝口管理官の音頭で、茶碗酒《ちゃわんざけ》の乾杯だ。公務員が、職場で飲酒するのは好ましくないと、こうした風習はなくなりつつある。

だが、滝口管理官は昔のやり方を好むらしい。この酒はお清めの意味もあるのだと、安積は思っていた。

須田、村雨、水野、黒木、桜井。部下たちは今回もよくやってくれた。安積はそんな思いで彼らを眺めていた。

一杯だけ酒を飲み、署を出たのは午後七時過ぎだった。署の外に東報新聞の高岡が立っていた。

安積は声をかけられて立ち止まった。

安積は言った。

「どうしたんですか？　土曜日ですよ」

「土曜日だろうが、日曜日だろうが捜査本部には張り付きますよ。どうやら事件解決のようですね」

「正式な発表を待ってください」

「明日の朝刊に、第一報を入れたいんですがね……」

「俺は何もしゃべりませんよ」

そのとき、他社の記者たちも安積に気づいて集まってきた。

彼らに囲まれたくはない。安積はさっさとその場を離れることにした。

ふと足を止めると、安積は高岡に言った。

「月曜日の夜に、ちょっと話せませんか？」

高岡はこたえた。

「喜んで。夕方にここで待ってます」

安積は、記者たちの輪ができる前に、駅に急いだ。

24

土曜日の夜と日曜日にたっぷりと睡眠を取り、生き返ったような気分で月曜日に出勤した安積に、午前九時頃、葛飾署の広田係長から電話があった。

「今日、猪狩と和久田を署に呼ぶんだけどお……」

「詐欺を立件するんですか？」

「そうじゃないよお。久志木や畑中が逮捕された経緯を詳しく説明しようと思ってさあ。まあ、多少はお灸《きゅう》を据えなきゃと思ってるけどねえ」

「彼らが署に来るのは何時ですか？」

「十時の約束だよ」

「では、俺もその時間にうかがいます」

「待ってるよお」

受話器を置くと安積は、村雨に言った。

「葛飾署まで行ってくるので、あとを頼む」

「承知しました」

ちょっと考えてから安積は言った。

「水野も来てくれ。猪狩さんと和久田さんの件だ」

「はい」

安積と水野はすぐに署を出て、葛飾署に向かった。


小会議室の猪狩と和久田は、ずいぶんとかしこまっていた。もしかしたら、逮捕されるとでも思っているのではないかと、安積は思った。

テーブルの向こう側に猪狩と和久田が並び、手前に広田、安積、水野が並んでいた。

広田係長がまず、戸沢が殺害された経緯について説明した。実行犯は畑中で、久志木がそれを命じたのだと聞くと、猪狩が言った。

「久志木って、あの半グレですか？」

「そうだよお。あんたらが、詐欺をはたらいた相手だよお」

「やっぱりそうだったんだ……」

「久志木はねえ、詐欺にあったことで腹を立てて、あんたら三人を殺そうとしたんだよお。そして、実際に戸沢さんが殺されてしまったわけだよねえ」

猪狩と和久田は、そっと顔を見合わせた。二人とも顔色を失っている。

広田係長の話が続く。

「自宅を離れて、姿をくらましたのは賢明だったねえ。でないと、ふたりともあの世で戸沢さんと再会することになっていたよお」

猪狩と和久田はすっかり打ちのめされた様子だ。

「これに懲りたら、詐欺なんて二度とやらないことだねえ」

猪狩が言った。

「やりません。金輪際……」

和久田が言った。

「二度とやりません。約束します」

広田係長は、しばらく無言で二人を眺めていた。どこか楽しんでいるようにも見えた。

それから彼は、安積を見て言った。

「これにて一件落着……。それでいいね？」

「もちろんです。広田係長がそう判断されたのなら……」

安積はそう言ってから、猪狩と和久田に眼を向けた。「一つ、お二人にうかがいたいことがあるんですが……」

猪狩と和久田は目を丸くして安積を見た。

猪狩が不安そうに言う。

「何でしょう？」

「わくわくしたとおっしゃいましたね？」

「は……？」

「銀座での詐欺の話を聞いたときのことです。わくわくしたのだと……」

「ああ、そうでしたね。ええ、すごく興奮したんですよ。金よりも、そっちのほうが大切だったのかもしれないなあ……」

「そっちのほうが大切？」

「この年で一人暮らしなんてしていると、楽しみなんてなくなるんですよ。親しかった友人もどんどん死んでいくしねえ……。あとはもう自分の順番を待つしかないのか、なんて思っちまいます」

広田係長が言った。

「久賀さんがいらっしゃるじゃないですかあ」

猪狩は頭をかいた。

「いやあ、ただの茶飲み友達ですよ。どんなときに年を取ったなって思うか、わかりますか？　欲がなくなったなあって感じるときです。食欲とか物欲とか性欲とか……。欲ってのは体力がないと湧《わ》いてこないんですね。俺たちの年になると、年々体力が衰えていくわけですよ。欲がないから、感動もないわけです。そんなとき、誰かを騙してみようかって話になって……。それで、戸沢といっしょにやってみたんですが、そのときのどきどきわくわくたるや、もう……」

猪狩が目を輝かせる。

それに、乗っかるように和久田が言った。

「息子夫婦も、私なんかほったらかしでしてね。猪狩さんと同じで、日々楽しいことなんてないわけです。子供なんて、育って家を出たらもう他人ですよ。このまま一人で死んでいくんだなと思うと、ひどくむなしくなりましてね……。戸沢や猪狩とやったことは、すごく楽しかった。この年になってあんなに楽しかったことはなかったです」

広田係長が言う。

「それで死んじまったら元も子もないじゃないですかあ」

「そうですかね」

猪狩が言った。「戸沢は満足だったんじゃないかと思いますよ」

「満足……？」

「ええ。最後に最高のスリルを味わったんですから」

「そんなはずはないと思うけどなあ。銀座ベティの新藤理恵というホステスが言ってましたけどねえ。戸沢さんは枯れていなかったって……」

「枯れていなかった……？」

「だからねえ、もっともっと人生を楽しめたはずなんだよお。死んじまったらおしまいだあ」

猪狩と和久田は再び顔を見合わせて、急にしゅんとなった。戸沢のことを思い出したのかもしれない。

安積は言った。

「さきほど猪狩さんは、欲がなくなったとか、体力が衰えたとかおっしゃっていましたね」

猪狩が安積を見てうなずく。

「ええ、言いました」

「そう思うということは、まだ欲があるということじゃないかと思います。すっかり欲がなくなってしまえば、そんなことを感じることもなくなるでしょう」

猪狩はまた頭をかいた。

「何だか禅問答みたいですなあ……。でも、言われてみればそうかもしれない」

広田係長が言った。

「人は生きている限りは枯れたりしませんよお。俺はそう思うけどねえ」

猪狩と和久田はこれで放免だった。

小会議室を出ようとした猪狩が立ち止まり、振り返って三人の刑事に言った。

「戸沢を殺したやつを捕まえてくれて、本当にありがとうございました」

二人が部屋を出ていくと、安積は広田係長に言った。

「いろいろとお世話になりました。葛飾署の協力がなければ、事件は解決しませんでした」

「いやあ、戸沢はもともと、うちが担当していた詐欺事件の被疑者だからねえ。ちゃんと処理していればと、今でも悔やまれるよお」

「いえ、それは仕方のないことだったと思います」

「そう言ってくれるのはありがたいけどねえ。警察官は、どんな失敗もしちゃいけないと思うんだよお」

安積はうなずいた。

「肝に銘じておきます」

安積と水野は、広田係長に礼をして小会議室をあとにした。

葛飾署を出ると、水野がしみじみした口調で言った。

「世間に対して一矢報いたい……。お年寄りのそんな思いが起こした事件だったのかもしれませんね」

「そうだな」

「幸せな余生なんて、あるのかしら……」

そのとき安積が思い出していたのは、高岡のことだった。

「水野、今日の夜、空いているか？」

「事件さえなければ」

「ちょっと付き合ってくれ。高岡と会うことになっているんだ」

水野は驚いたように言葉を呑《の》んだが、しばらくしてこたえた。

「わかりました。ごいっしょします」

午後五時半に、水野とともに署の玄関を出ると、高岡が待っていた。

安積は言った。

「では、行きましょう」

「おや、水野刑事もいっしょなんですか？」

「水野にも話を聞いてもらいたいんです」

「私としては大歓迎ですよ」

安積は、ゆりかもめで台場《だいば》駅まで行き、ホテルのラウンジにやってきた。黙って後に続いていた高岡が言った。

「俺はまた、居酒屋かどこかに行くものと思っていましたが……。安積係長はこういう場所でお話をなさるんですね」

「居酒屋よりここのほうが落ち着いて話ができると思ったんです」

安積と高岡が向かい合って座る。水野は安積の隣だ。

高岡がビールを注文した。アルコールが入ったほうが話しやすいかもしれないと思い、安積もビールにする。すると、水野も同じものを頼んだ。

飲み物が運ばれてくると、それぞれに口をつけた。乾杯などする雰囲気ではない。

「実は……」

安積は言った。「水野が御社の山口さんから相談を受けていまして……」

高岡が聞き返す。

「ほう。相談……？」

「セクハラについての相談です」

高岡がまた一口ビールを飲んだ。それからおもむろに言った。

「つまり、俺が山口にセクハラをしていると……」

「水野はそう聞いているようです」

高岡は何か言い訳をするだろうか。安積は考えた。いや、それはなさそうな気がした。

高岡が言った。

「まあ、そう言われても仕方がないでしょうなあ」

水野が言った。

「認めるんですね？」

高岡が水野を見た。笑みを浮かべているが、どこか寂しそうに見える笑顔だった。

「そうですねえ。ええ、認めますよ」

「では、今後はそういう言動を慎んでいただけますね？　山口さんにも謝罪が必要です」

高岡は、寂しげな笑みを浮かべるだけで何も言わない。

水野がさらに言った。

「今言ったこと、約束していただけますか？」

高岡が言った。

「いやあ、それはできないなあ」

水野が厳しい口調で言う。

「では、法的な措置を取ることになります。おそらく、山口さんはそのつもりで警察官である私に相談をされたのでしょうから……」

「法的な措置ですか。俺は彼女に指一本触れてないんですけどねえ」

「セクハラは、強制わいせつ罪や暴行罪といった物理的な犯罪だけとは限りません。言葉によるセクハラも、名誉毀損《めいよきそん》罪や侮辱罪に当たることがあります」

「そいつは勘弁してほしいですねえ」

「でしたら、今後山口さんに対するセクハラは一切やめていただきます」

「まあ、待て」

安積は言った。「高岡さんは確信犯なんだ。やめろと言っても簡単にはやめないだろう」

「え……」

水野は眉《まゆ》をひそめた。「確信犯って、どういうことですか？」

安積は高岡に言った。

「そうですね？　山口さんに対するセクハラ、パワハラは、何か考えがあってやっていることなんじゃないですか？」

「いや。俺はただのだめなオヤジですよ」

「山口さんのことを買っているとおっしゃっていましたね」

「ああ、言いましたね」

「しかし、山口さんには弱さがあると……」

高岡は肩をすくめた。

「余計なことを言っちまいましたね」

「もしかして、わざと山口さんに憎まれようとしていませんか?」

水野が驚いた顔で言った。

「それ、どういうことですか」

高岡はすっかり困り果てた様子だ。安積はそれを見て言った。

「どうやら、俺の言ってることは間違っていないようですね」

それからしばらく、高岡はどうしていいかわからない様子で考え込んでいた。やがて、彼は言った。

「老兵は死なず、ただ消え去るのみってね……」

安積はその言葉の意味を無言で考えていた。

高岡の言葉が続いた。

「そうは思っても、老兵だって何か残したいんですよ」

「その何かを、山口さんの中に残したいということですか?」

「まあ、そういうことかもしれない」

「わかりません」

水野が言う。「それがセクハラとどういう関係があるのか……」

　高岡は水野を見て言った。

「山口はいい記者になれる素質があります。でもね、打たれ弱いんですよ。きっとこれまで、あまり嫌な目にあってこなかったんでしょうな。それは本人の人徳でもあります。でもね、記者はきれい事じゃ済まない。いつかひどく傷つくこともあるでしょう。だが、そんなことでつぶれてほしくない」

　水野が尋ねる。

「だから、つきまとって嫌がらせをしているわけですか？」

「それにね、あいつはああいう見かけでしょう。だから、それをとことん利用すればいいんです。女であることを利用するくらいに、したたかになってほしいんですよ」

「女を利用するという発言自体がセクハラですよ」

「女なら女であることを利用する。男は男であることを利用する。若いやつは体力を利用する。ベテランは顔の広さと経験を利用する。そういうことですよ。使えるものは何でも使えばいい。でないと記者の世界では生き残れませんよ」

　安積は言った。

「それで、わざと嫌われ役を買って出たわけですね」

「あまり時間がないのでね。定年後、契約で社に残っていますが、もうじきその契約も終わります。だから、少々強硬な手段を使わなきゃと思いましてね」

「お気持ちはわかりました。しかし、自ら踏み台になる必要はないと思います」

「年寄りはね、それくらいの役にしか立たないでしょう」

「そうは思いません。死なないし、消えもしない老兵だっているのです。表舞台に立たなくても、必ず役割があるはずです」

「だから、山口を一人前にすることが俺の役割だと……」

「その気持ちを伝えればいいんです。彼女はきっとこたえてくれます。どう考えても、セクハラやパワハラがいい方法とは思えません」

「そうかなあ……」

高岡は照れ臭そうにグラスのビールを飲み干した。「やっぱり、そうだよなあ……」

「あの……」

水野が背筋を伸ばして言った。「お腹《なか》すきませんか? 場所を移して飲み直しましょう」

安積にも高岡にも異存はなかった。三人はホテルを出て、近くの居酒屋に向かった。


その翌日は朝から青空が広がっていた。

安積は昼休みに、久しぶりに屋上に出てみようと思った。まだ、日差しは強烈だが、きっと海風が吹いているにちがいないと思った。

屋上に出てみると、そこに速水がいたので驚いた。向こうも意外そうな顔をしている。

「俺を尾行しているんじゃないだろうな」

速水が言ったので、安積はこたえた。

「尾行をされる心当たりがあるのか？」

「俺にはないが、刑事は何でも疑うからな」

安積は、手すりに近寄った。

速水は、対岸の品川区八潮《やしお》のあたりを眺めている。安積は、南側にある埋め立て地のさらに向こうに広がる東京湾のほうに眼をやった。

気温は高く、日差しはきつい。まだ八月なのだ。

安積は言った。

「土曜日は助かった。礼を言う」

「なに、交機隊にとっては朝飯前だよ」

「あのまま被疑者に逃げられていたら、俺はまだ捜査本部にいただろう」

「俺に礼を言うより、自分の運の強さに感謝するんだな。あの日、俺の班が当番だったなんて、本当に運がいい」

「ああ、そうだな」

速水が安積のほうを向いた。

「高岡と飲みに行ったんだって？」

安積は思わず速水の顔を見た。

「おまえは、どこでそういう話を聞いてくるんだ」

速水が対岸に眼を戻した。

「さっき水野に会ってな。彼女が言ってた」

安積はうなずいてから言った。

「山口友紀子の件、話をした」

そして、高岡との会話の内容を詳しく伝えた。

話を聞き終えると、速水は言った。

「老兵か……。年を取ったから自分が役立たずになるという発想が、そもそも間違ってい
ると思うがな……」

「おそらく、年を取るというのは寂しいことなのだろうな。戸沢殺害の事件も、もともと
は老人たちの寂しさが原因なのかもしれない」

「同情なんぞすることはない。セクハラをした高岡にも、事件を起こしたじいさんたちに
も……」

「同情はしていない。ただな……」

「ただ、何だ？」

「俺たちだって、年を取る」

「ふん。だから何だ？」

「おまえは、不安とか怖さを感じないのか？」

「何が怖い？」

「自分が誰からも必要とされなくなる。それでも毅然《きぜん》としていられるかどうか……。それが怖い」

　速水は、ふんと鼻で笑ってから、しばらく黙って景色を眺めていた。安積も何も言わず、海を見ていた。

　やがて、速水が言った。

「俺は年を取っても俺のままだ。だから、怖くなんかないさ」

「そう言えば、葛飾署の広田係長が言っていた。人間、生きている限り枯れないんだって。おまえの言うとおり、いくつになっても、俺は俺のまま、変わらないのかもしれない」

「秋ってのは、きれいなもんだろう？」

「何だって？」

「空は青く澄んで、稲穂は黄金に色づく。山は紅葉する」

「そりゃそうだが……。何が言いたいんだ？」

「年を取るってことはさ、つまり、人生の秋を迎えるってことだろう。ほら、白秋と言うじゃないか」

「人生の秋か……」

「秋は美しい季節だ。だから、人生の秋だってきっと美しい」

「おまえにそう言われると、そんな気がしてくるな」

「そう信じてりゃいいのさ。しょぼくれる必要なんてない」

「おまえは本当に枯れないだろうな」

「枯れる必要なんてないさ」

安積は、遠くの海のきらめきを眺めたまま言った。

「それにしても暑いな」

「ああ、だが、海の匂《にお》いがしないだろう」

言われてみるとそのとおりだった。夏の間は海風が吹いて、強い潮の香りがする。

安積は言った。

「風が変わったんだな」

「ああ」

速水が言った。「もうじき秋だ」

『秋麗　東京湾臨海署安積班』刊行記念インタビュー

聞き手、構成・末國善己／文芸評論家

――「東京湾臨海署安積班」シリーズが始まった頃《ころ》は、集団捜査や、本庁と所轄、キャリアとノンキャリの確執といった警察組織の内実を描いた作品は珍しかったですが、なぜリアルな警察小説を書くことを思い付かれたのでしょうか。

今野敏（以下、今野）　海外の警察小説のファンだったんです。マイ・シューヴァルとペール・ヴァールーが合作した「マルティン・ベック」シリーズと、あまり有名ではありませんがコリン・ウィルコックスの「ヘイスティングス警部」シリーズの大ファンでした。「ヘイスティングス警部」シリーズは、ヘイスティングス警部が主人公ですが集団捜査をしているので、なぜ日本に集団捜査の警察小説がないのか疑問に思っていました。ないのであれば自分で書いてみようと考えたのが最初です。

――当時は警察関係の資料が少なかったので、警察小説を書くのは大変だったのではないですか。

今野　大変でした。響きがかっこいいのと、エド・マクベインの「87分署」シリーズを意識して「ベイエリア分署」というタイトルを先に考えましたが、その頃は警察組織に詳しくなくて、日本に分署がないことを知らず後付けで理由を書きました。最初の三冊には警察組織の間違った描写もありますが、いま読み直しても気にならないので修正はしていないです。

――シリーズを三十年以上書き続けられていますが、初期の作品と新しい作品で変化はありますか。

今野　書き始めた頃は三十代だったので、四十五歳の安積はかなり年上でした。だから大人であり、理想的な部分も大きかったんです。ただ書き続けていたら、自分が安積の年齢に追いつき、追い越してしまいました。そうすると四十五歳というのも、若い頃とあまり変わらないことが分かってきます。今は安積の方が二十歳以上若くなり、そこから見た四十五歳を書いているので内面の変化はかなりありますが、安積の基本的なたたずまいは変わらないし、変えてはいけないと考えています。芯《しん》はしっかりあるけど少しずつ変化していく安積が、読者に心地よく感じられるようにしています。

――本書『秋麗』は、身元不明の老人の死体が臨海署近くの東京湾で見つかるところから始まります。被害者は特殊詐欺の出し子をしていた過去があり、そこから安積たちが犯人をたどっていきますが、メインになる事件はどのように決めているのでしょうか。

今野　いつも事件は、考えていません。今回は、老人の話を書きたいというところから始まりました。私も六十七歳（インタビュー当時）になって老い先も短いですが、この年になっても枯れないんです（笑）。だから麗しい人生の終盤という意味で最初に「秋麗」というタイトルを付け、老人を事件に絡めながら物語をふくらませていきました。

――遺体で見つかった老人は単なる被害者ではなく、実は加害者でもあったという展開には意外性がありました。

今野 老人たちが集まって、楽しそうに犯罪を進めていくシーンが浮かびました。老人が事件を起こすだけでもよかったのですが、若い世代への復讐心《ふくしゅう》や社会に居場所がなくなっていく悔しさを滲《にじ》ませるために、老人を加害者でもあり、被害者でもあるという設定にしました。

――今回は水野が活躍しますが、書き始める前に安積の部下の誰《だれ》をメインにするか考えているのでしょうか。

今野 短編ではものすごく考えますが、長編はバランスよく安積の部下を描くようにしています。ただ、物語が進むとその中の誰かが活躍し始めます。今回も、最初から水野をメインにしようとは考えていませんでした。

――捜査本部が設置され、予備班になった安積は捜査本部に残り、入ってくる情報を基に部下へ指示を出します。この展開が、サスペンスを生んでいました。

今野 「隠蔽《いんぺい》捜査」シリーズを書き始めて、捜査は現場を書かなくても大丈夫だと気付きました（笑）。捜査本部に入ってくる情報と出て行く情報を整理すれば、警察小説として成立させられる自信になったんです。宮部みゆきは「現場を書かないのは発明だ」といっています（笑）。

――今回の脇役《わきやく》では、出し子をしていた被害者を捕まえた葛飾署の広田係長が、いい味を出していました。

今野　広田はぼーっとしていますが、「人は生きている限りは枯れたりしませんよお」など良いことをいうんです。この人が年を取ることについて、一番、達観しているんじゃないでしょうか。こうした広田の視点がないと、ただ老人が事件に巻き込まれただけになっていたかもしれません。

――顔認証システムを使って被害者の身元を短時間で割り出す一方、遺体が発見された現場近くを通った自動車の車種は、防犯カメラの映像を速水の部下が見て特定するという地道な捜査になっていました。これから科学捜査と足の捜査は、どのような関係になるとお考えですか。

今野　最近は映像情報が多いので、ＳＮＳへの投稿、街中の防犯カメラ、ドライブレコーダーの映像は、実際の捜査でも不可欠のようです。ただ映像解析は、時間がかかるんです。だから科学捜査は万能ではなく、刑事の職人的なカンが不要になることはないと思います。

——ＳＮＳの分析では須田が活躍しますね。

今野 須田は当初からコンピューターおたくという設定だったので、活躍する場を作れた感じです。

——シリーズが始まった頃はコンピューターを使った捜査は一般的ではありませんでしたが、現在のように発達すると予想されていましたか。

今野 コンピューターというよりは、通信技術、ネットの発達ですね。子供の頃に『鉄腕アトム』や『鉄人28号』があったので、物理的なコンピューターの発達は予見されていましたが、ここまで通信技術が発達すると予想した人はいなかったのではないでしょうか。ウルトラ警備隊は腕にビデオシーバーを着けていましたが、しいて言えばそれと似た装置が実現したくらいですね（笑）。

——東報新聞の女性記者が、ベテランの男性記者からセクハラを受けていると水野に相談したり、何日も警察に泊まり込むような捜査が必要だと考えている安積が、働き方改革の波で若い刑事にそれを命じたり、きつく叱《しか》ったりするとパワハラになると悩むなど、ハラスメントの問題が物語を牽引《けんいん》する鍵になっていました。

今野 嘘《うそ》か本当か分かりませんが、最近の若い警察官は働きたがらなくて、検挙率が落ちているという話があります。少し前に団塊の世代が退官して、警部クラスが大量に抜けたんです。そうなると捜査技術が落ちるし、それは科学捜査だけでは補えないようです。ハラスメントは老害の代表で、年を取るのは害とされがちですが、積み重ねた経験はメリットにもなります。老いというテーマなので、その両面を書きたいというのはありました。

――技術の継承は、物づくりの現場でも問題になっているので、日本全体で考える必要がありますね。

今野　そうです。警察は日本社会の縮図でもあるので、警察小説のネタは尽きないです。

――老人をめぐる事件を捜査する安積は、離婚して以来ずっと一人で、被害者と同じ七十代になっても一人暮らしをしているかもしれないと考えます。被害者の仲間だった老人たちは一人暮らしで、家族がいても疎遠になっています。老いと家族の問題もテーマの一つのように思えましたが。

今野　老いて家族と疎遠になるのは、日本の社会問題の一つです。昔は大家族で年を取っても家族と暮らせましたが、今は状況が違います。老人が一人暮らしをすると、犯罪に結び付くケースが増えるはずです。この問題は簡単に解決できませんが、解決が難しいことは小説にすると面白いというのはあります。

――クライマックスは、速水が大活躍します。いつも迷っている安積と、仕事に自信を持っていて揺らがない速水の対比も印象に残りました。

今野　速水はファンが多いので、後半はファンサービスです（笑）。迷わないのが速水のいいところです。自信を持っているキャラクターを出すと、書いていても安心できます。「警視庁強行犯係・樋口顕《ひぐちあきら》」シリーズの樋口と氏家《うじいえ》も同じですが、頼りになる友人はなかなかできるものではないので貴重です。

――近年の「東京湾臨海署安積班」シリーズは、長編と短編集が交互に刊行されていますが、どちらが書きやすいというのはありますか。

今野 まったく別ものなので比較は難しいですが、〆切《しめきり》でいえば長編が楽です。短編は長編一本書くのと同じエネルギーがいるので大変ですが、各キャラクターに焦点を当てたり、変化球を投げたり、実験的なことができたりするので楽しいです。それと短編を書くのは、作家のトレーニングになります。物語で難しいのは完結させることなので、短編をたくさん書くのは、長編一本終わらせるより価値があります。

――シリーズが続くとキャラクターが固定化し、王道的な物語になりがちですが、王道と変化球のバランスはどのように考えていますか。

今野 基本的に、自分が面白いものを書いています。王道はすぐに書けますが、書いていても面白くない。そうすると自然に変化をつけ、読者を驚かせようとする力が働きます。それが長編を書いている時の醍醐味《だいごみ》で、何か考えるというよりも、物語が自然と動いていきます。

――今後の展開を教えてください。

今野　見当もつかないです（笑）。安積班シリーズを書き始めて三十年以上経《た》ちますが、どうなるか分からないんです。当初は速水がカーチェイスをするなど、思ってもいませんでした。ただ自分の中に安積像があって、それは変わらないと思います。出世していく展開もありえますが、安積はずっと警部補のままで、メンバーも異動せず最後まで行くような気がしています。

（「ランティエ」二〇二三年一月号掲載）

本書は二〇二二年十一月に小社より単行本として刊行されたものです。

Haruki Bunko
ハルキ文庫

こ 3-53

秋麗《しゅうれい》 東京湾臨海署安積班《とうきょうわんりんかいしょあずみはん》

著者 今野《こんの》 敏《びん》

2024年6月18日第一刷発行

発行者 角川春樹

発行所 株式会社角川春樹事務所
〒102-0074 東京都千代田区九段南2-1-30 イタリア文化会館

電話 03(3263)5247(編集)
03(3263)5881(営業)

印刷・製本 中央精版印刷株式会社

フォーマット・デザイン 芦澤泰偉
表紙イラストレーション 門坂 流

ISBN978-4-7584-4645-7 C0193 ©2024 Konno Bin Printed in Japan
http://www.kadokawaharuki.co.jp/[営業]
fanmail@kadokawaharuki.co.jp[編集] ご意見・ご感想をお寄せください。